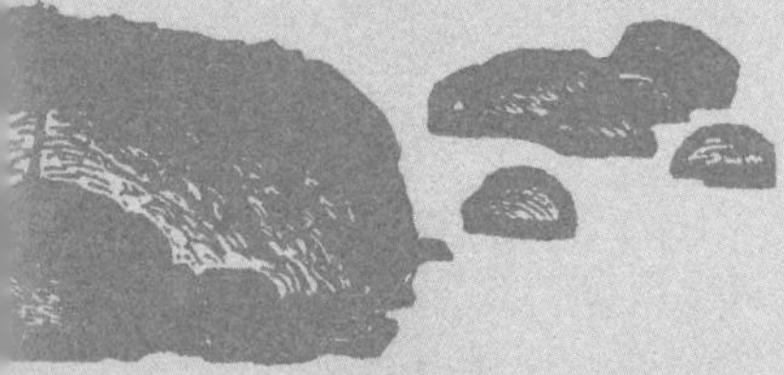

教育,
就是用爱收获爱……

走出大漠的女孩

陈美丽 著

中原出版传媒集团
中原传媒股份公司

大象出版社
·郑州·

图书在版编目(CIP)数据

走出大漠的女孩／陈美丽著.— 郑州：大象出版社，2020.12（2025.10重印）
ISBN 978-7-5711-0740-6

Ⅰ.①走… Ⅱ.①陈… Ⅲ.①纪实文学-中国-当代
Ⅳ.①I25

中国版本图书馆 CIP 数据核字（2020）第 161800 号

走出大漠的女孩

陈美丽　著

出 版 人	汪林中
责任编辑	梁金蓝
责任校对	李婧慧
装帧设计	王莉娟

出版发行	大象出版社（郑州市郑东新区祥盛街 27 号　邮政编码 450016）
	发行科　0371-63863551　总编室　0371-65597936
网　　址	www.daxiang.cn
印　　刷	郑州市毛庄印刷有限公司
经　　销	各地新华书店经销
开　　本	890 mm×1240 mm　1/32
印　　张	6
字　　数	93 千字
版　　次	2020 年 12 月第 1 版　2025 年 10 月第 5 次印刷
定　　价	29.00 元

若发现印、装质量问题，影响阅读，请与承印厂联系调换。
印厂地址　郑州市惠济区新城办事处毛庄村南
邮政编码　450044　　　　电话　0371-63784396

目录

001 引子
009 曼曼上二年级了
016 曼曼得了"美丽奖"
026 一个艰难的决定
032 曼曼来到了我家
042 干老师介入"诊疗"
057 曼曼加入了田径队
065 漫漫阅读路
074 曼曼失踪了
079 家访
087 曼曼,生日快乐!
100 数学成了曼曼的魔障
108 假日里的变化
115 丰富的校园生活
122 写作上的一次突破

130 行走在农历的天空下
143 艰难的旅程
147 梦想,梦想!
157 曼曼创造了奇迹!
168 余音

173 **后记**

引子

2010年8月25日黄昏,飞机降落在鄂尔多斯机场后,我们一行见到了来自内蒙古自治区鄂尔多斯市新世纪学校的校长和几个男教师,在简单的寒暄后,他们开车带我们去学校。我们的车子穿行在空旷而宽阔的马路上,大地广袤而荒凉,一个又一个贫瘠的小丘上,一棵棵小树瑟瑟地站立着。黑暗中,看不到一盏灯火。除了偶尔跟我们说一两句话,更多的时间里,司机长久地沉默着。他的沉默,连同他偶尔说话时不带情感的语调,如窗外的夜色般,沉沉地,压得人有些透不过气来。

翻过一个坡又一个坡,拐过一个弯又一个弯,车子一直在近乎没有车辆的马路上快速地行驶。短短的一个多小时,恍如过了长长的一个世纪。转下马路,穿过崎岖的一段泥路后,车子驶入了校园。终于到达了目的地,我很想长舒一口气。然而,车子仍在颠簸,或者应该说更颠簸了。我探出头借着月光一看,原来车子正行驶在用石板铺成的凹凸不平的学校操场上。

晚上，我们被安排住在学生宿舍。这是一幢简陋的楼房，四层的。昏暗的灯光中，我们随着一位上了年岁的男老师上了二楼，他是负责后勤的老师，姓苏。他先将我们带到了一间较大的房间，我看到沿着房间的墙壁安装了一排自来水龙头。他说这是学生的洗漱间，不过，平常水龙头没水。然后他指着两个白色的大水桶对我们说："这是你们洗漱时用的水，这里的水每天会定时放两次，过时就关了。以后你们的房间里也都要准备一两个水桶用来储水。"

然后，他将我们带进了学生宿舍，又将其他方面的事情交代了几句，就离开了。我们一行似乎都不想说话，各自简单地打个招呼，就都睡下了。

这是鄂尔多斯高原上的最高山丘——罕台。正当酷暑，但感觉不到炎热，而且风中带着丝丝凉意。我看了看房间内，没有毯子，也没有夏凉被，而我们的行李还在路上，身边只带了几件随身换洗的夏天的薄衣服。女儿和丈夫似乎已经安静地睡去，我翻遍行李箱，连件可以保暖的衣服都找不到，好不容易勉强找出了一件丈夫的长袖T恤衫，盖在身上，蜷缩着身子躺了下来。

　　从刚才简单的谈话中，我知道学生 31 号就要来报到了。今天已经是 25 号，只剩五天准备的时间。长途的奔波已经让我疲惫不堪，我告诉自己：必须好好休息，明天就得投入到开学前的准备工作中了。

　　然而躺在窄窄的、只有垫褥的硬硬的木板床上，我怎么都无法入睡。天上的月亮亮得出奇！正是暑假，宿舍的窗帘都收走了。这是鄂尔多斯高原的丘陵地带，海拔在 1500 米左右。月光直直地照进宿舍里，里面的一切都一览无余。无论我往哪个方向睡，都无法将月光避开，无法让自己在熟悉的黑暗中进入梦乡。

　　几乎一整夜，我只能在床上辗转反侧。迷迷糊糊中，听到有人起床了，我也赶紧起来。走出宿舍楼，凉爽的风迎面吹来。抬头，发现天空很蓝，这是高原的天空才有的蓝——纯净得仿佛洗过一样，连飘着的云都有一种一尘不染的感觉。

　　再放眼看看四周，虽能看到些绿草绿树，但草很稀，树很小，看到更多的是裸露着的黄色的沙土。校门前的一条泥路向着三个方向延伸：一边通往一排板房，再过去就是一个小村庄的模样，那是罕台镇；一边似乎是没有尽头的荒地；还有一边，有一小片比较像样的树林，尽头处是新盖的一些楼房，那是拆迁房，是政府因城市改建为附近的村民而盖的。

我无心多看风景，穿过由方形石块铺成的高低不平的操场，来到了学校餐厅。这是一所公立学校，餐厅的运营主要靠从学生那里收取餐费。早餐是已经冷下来的馒头，小米稀粥，一些泡菜，还有一道已经认不出是土豆还是青菜，但可以确定是由它们和在一起做成的菜，令人无法下咽。

艰难地吃了一点东西，我们一行8人就聚在了一间小小的办公室里。当时新教育研究中心的全部成员都来了——研究中心的负责人干国祥，网络师范学院的执行院长魏智渊，当初心目中的未来研究中心接班人杨超，"毛虫与蝴蝶"项目负责人马玲，"理想课堂"项目负责人王云，以及马玲的徒弟、刚刚走上工作岗位的杨娟，还有一直在一线教书的我和常年在高中教授语文的严盈侠。

坐到一起时，大家的脸上有着掩饰不住的倦容。

干国祥告诉大家，我们现在还没有自己独立的学校，新的学校刚刚批下教育用地，因此，我们只能用"校中校"的方式来进行我们的实验。现在，我们在新世纪学校内借了四个班级——分别是一、二年级中的各两个班级。为了更好地践行我们的理念，我们采用语数包班制度。因为语数包班更有利于班主任把握学生的整体情况，而且在我们没有合适的数学老师的情况下，让其他人加入到我们的实验中，也是不利于实验展开的。

干国祥接着说，还有一个非常特殊的情况，今年正好泊江海那边的学校拆掉了，他们那边的学生要并到罕台来，因为路途较远，这些学生要住在学校。原来谈论的时候，是没有住校生的，这也是我们临时才知道的。为了大家能够更好地进行教育研究，我们提议让罕台本地的老师来负责学生晚自习。另外，听说这一届二年级，是东胜区有史以来最差的一届学生，他们在前面的考试中，不仅总成绩排名最后，而且平均分跟别的学校相差也特别大。已经错过了一年，且基础这么弱，带起来难度相对会比较大。在你们这几个人当中，陈美丽是最有经验的，她长期在教育一线，因此，二年级两个班就分别由陈美丽和严盈侠来带。一年级两个班分别由马玲和王云带，我们希望我们的实验能够从一年级真正开始。

我知道，这几年来，新教育研究中心由于没有自己的学校，长期处于"种豆南山下，草盛豆苗稀"的无奈处境，能够有一所自己的学校，是研究中心近年越来越迫切的愿望。

从目前的情况看，这显然不是我们理想中的学校——因为它处境的艰难已经远远超出了大家的预料和承受力。

但现在，我们已经无路可退。

"站起来，我们就是一道美丽的风景；站不起来，我们就是世界上最昂贵的垃圾。"干国祥最后的话振聋发聩。

我们的开学准备工作紧锣密鼓地开始了。

根据我们的教育理念，小学阶段，是一个从一、二年级的浪漫到三、四年级的精确再到五、六年级的综合的过程，我们选择用粉红、浅绿和天蓝这三种颜色来代表这三个阶段。

我们首先做的第一件事，就是粉刷教室——将白色的墙壁刷成粉色的。从街上买来涂料，又找人弄来长竹竿和刷子后，我们就开始了粉刷工作。挪开桌椅，将旧报纸垫在墙边，然后每人又用报纸为自己叠了一顶纸帽子，热火朝天地干了起来。最初，大家都觉得既新鲜又好玩，不一会儿，胳膊开始酸痛了。是啊，对于我们这些不经常从事体力劳动的人来说，这真是一件艰难的事。

于是，我们先刷一会儿墙，再回办公室备一会儿课，然后再回到教室继续刷墙；有时大家也相互帮忙，一起到一个教室刷，这时大家就会唱着歌相互开玩笑："我是一个粉刷匠，粉刷本领强……哎呀我的小鼻子，变呀变了样！"

终于粉刷完了教室，我们根本就来不及好好地坐在教室里欣赏一番，畅想一下孩子们来时的惊喜，就又忙着开始搞卫生，装饰墙面，购买窗帘，准备开学第一天的相关材料……

直到开学前一天晚上，我才终于坐了下来，开始给孩子们写第一封信。我知道，我和罕台孩子们的故事就要开始了，我得向他们发出我的呼唤。

亲爱的孩子们：

走进新的教室，你一定充满了新奇吧？

面对着新的老师，你小小的心里又在想些什么呢？

我叫陈美丽，在以后的日子里，你们应该叫我陈老师——你们一定会对陈老师有一个美丽的名字而觉得新鲜吧？而我，也会尽快地把你们的名字和你们可爱的小脸一一对应起来，能够每天亲切地叫出你们每一个人的名字。

我来自浙江省绍兴市一个叫上虞的地方。那是在大海的旁边,更靠近太阳升起的地方。那是一个水乡,到处都是水。陈老师就是在家门前的小河里,游啊游啊,慢慢地长大的。

长大了之后,一粒梦想的种子就在我的心中萌芽了:我要当一个老师,一个好老师,让许多孩子因为与我相遇,而感到快乐、感到幸福,一天比一天优秀。

于是,这粒种子就年复一年地在我心中生根发芽,直到长成今天的我。我所带的一个又一个班级被评为各个级别的优秀集体。然后,我又从遥远的海边,来到这片草原,站在你们的面前。

这就是陈老师的故事。在陈老师的故事里,最多的是那些孩子。刚开始时,他们也和你们一样小小的,然后,我离开的时候,他们就像练好了飞行本领的小鸟一样,扑棱棱地飞向了远方。

现在,是陈老师走进了你的故事,也是你走进了陈老师的故事。那么,我们在一起,一年年地,会写出多少美妙的故事呢?

孙曼曼来报到的时候，快到午餐时间了。

大多数孩子都已经报了到，不住校的已经回家，住校的去了生活区，教室里已经没有几个人了。

不记得当时我在跟哪个孩子交流，只听到干国祥在开玩笑地问："你们这里谁的名字叫'子小曼曼'？"

我说："没有这个名字的学生吧？"

他指了指黑板上的"爱心"里学生自己写的名字："你们看，这里明明写着'子小曼曼'嘛！"

我抬头一看，果然，那个"孙"字被清晰地拆成了两半，而"曼曼"两字，则歪歪斜斜地挤在一边，仿佛两条扭曲的小蚯蚓。

有几个孩子被吸引到黑板前来了，然后又扭头看向同一个方向。顺着大家的目光，我发现了她——短而乱的头发，黝黑的皮肤，睁着一双惊恐的大眼睛，乍一看，还真分不清是男孩还是女孩。她的身子紧紧地靠着她爸爸，双手拉着她爸爸的衣角。在大家的笑声中，她和她爸爸都没有说话，甚至连表情都没有一丝变化。

然后，大家就各自去做自己的事了。

新学期的第一天，我们的教室里还没有安装投影仪，我拿着书给孩子们讲绘本《小种子》的故事：

秋天到了，大风吹了起来。大风把花的种子吹到半空中，要带着种子飞向遥远的地方。有一颗小种子好小好小，比其他的种子都小。他能跟得上其他的种子吗？他们都要飞到哪儿去呢？……

孩子们听得好认真啊！我不由得一阵欢喜，越讲越精神，讲到最后，那颗历尽艰险的小种子终于开花了：

终于，他开了一朵花。
远远近近的人都跑来看这朵花。
从来没有人看过这么高的花，这真是一朵巨型花。

孩子们都笑了！曼曼似乎也笑了。
"好啊，好啊！它终于开花了！"贾一苇长着个圆溜溜的大脑袋，还有一双圆溜溜的大眼睛，一看就是个机灵的男孩。

"那你们想开花吗？"

"我们不会开花，我们是人，不是种子。"小小的范文昊一脸天真地说。

"这是比喻。"贾一苇大声说。

"想！"这下，孩子们毫不犹豫地高声回答。

"那好吧，我们把这个愿望埋在心里，希望有一天，我们每一颗小种子也能长成一朵朵巨型花。我们就把我们的教室叫作'愿望花教室'吧，你们说好不好？"

"好！"孩子们又高声回答。

看着这一张张天真而兴奋的小脸，我不由得乐了：

"记住，只有真正的愿望才会有力量哦！"

"好！"孩子们又高声回答。

孩子们听故事时的状态真是让人欢喜啊！可是，一到语文课，他们的状态就不对劲了。这节课我们学金子美铃的诗歌《草原》，它写得多么美啊！可是，在我美美地范读了一遍，让全体孩子一起读时，他们竟然读不下来，只听到三四个声音在清晰地读着。

是诗歌太难了吗？是他们听不懂我的普通话吗？我不得不再带着他们一句一句地从头开始读。

读着读着，曼曼的头低下去了，不一会儿，就低到了桌子上，她索性趴了下来。我一边继续讲课，一边悄悄地走到她身边，摸了摸她的额头，又看了看她的脸色，感觉她没生病。于是我扶着她的肩膀让她坐正。可当我才回到讲台前，发现她又趴下了。

一次，两次，她始终不能好好地坐着听讲。也许她真是病了，只是我看不出来？但是，我发现，下了课，她就一副生龙活虎的样子。

我叫她过来，问她怎么了，她仿佛听不懂似的，歪着头看着我，没有任何的回应。

上数学课，她仍是这副样子。微笑、暗示和直接的提醒，对她没有任何效果，班里和她有相似情况的还有李蒲儿。

曼曼似乎并不懂得上课应该专心听讲，也并不知道应该按时完成作业。我布置了作业后，她就呆呆地坐在位置上，一动也不动。下课铃响了后，她跑得特别快，总是第一个蹿出教室，去走廊上玩耍。

在教室里一言不发，一上课就趴下的曼曼，到了操场上倒是异常活跃。在并不平坦的操场上到处乱跑，一会儿哧溜一下爬上了双杠，倒挂着身子，晃来晃去；一会儿又坐在双杠上，放了双手，甚至直接站在双杠上……下面的人看得心惊胆战，她却在上面哈哈地笑。

她长得又高又瘦，但动起来又完全像个"野孩子"，因此常常会摔上一跤，手上、腿上到处都是瘀青。

一进教室，曼曼就又像蔫儿了一样。蒲儿和曼曼一样，一上课就趴下，不一样的是，曼曼下课就疯玩，她却总是坐在位置上发呆。

课外活动时间，我把她们两个叫到身边，问她们是怎么回事。曼曼低头不说话，蒲儿犹豫了一会儿，用小得好像蚊子的声音说："我肚子疼。"曼曼一听，赶紧捂着自己的脸说："我……牙疼。"真让人哭笑不得。

我想了解一下她们的真实情况，就先把曼曼单独叫到了办公室，让她从1数到100，但她只能从1数到10。写数字，只能写"1、2、3、5、6、7"，就写不下去了。而我们二年级的数学，已经要开始学100以内的加减法了。

语文学习，由于全班整体状况跟我预料的相差太大，原先设计的"一叶落而知天下秋"的课程无法正常开展，我就从一年级的儿歌、童谣开始，但即使这样，带曼曼念儿歌，"摇到外婆桥"她一直念成"摇到外婆家"，怎么都改不过来。其他一些短短的儿歌，别的孩子最多只要教上两三遍，但如果教曼曼，翻来覆去地教上很多遍，她也未必能读下来。

在二十多年的教育生涯中，我见过不少由于受到教育的伤害而无法顺利学习的孩子，但像曼曼这样的情况，我却无法确定她在前几年的成长中到底遭遇了什么——在我的记忆中，这样简单的儿歌，通常情况下，即使是三四岁的孩子听上几遍也能背出来，为什么到了曼曼这里，竟然比登天还难？

我想找她爸爸了解情况，但根本联系不到。我打过无数次电话，都无人接听，以至于我不得不怀疑这个电话号码有问题。我又发过不少短信，希望曼曼的爸爸到学校来一趟，但没有收到过任何回信。

我急切地想要了解事情的真相，就让曼曼带信给她爸爸，当曼曼返校时问她，她却是一脸茫然地看着我。无奈之下，我只有让负责生活的李老师给她爸爸带口信。曼曼是泊江海来的。当时由于政府要拆掉泊江海的学校，家长们都不同意，因此政府答应用一辆班车接送这些孩子上下学。于是每周五下午，这些孩子就由李老师随车送到原泊江海学校附近，周日下午再把他们接回来。我让李老师在家长来接曼曼的时候给带个信，但李老师说曼曼的爸爸从来不接也不送她，都是曼曼自己来回的。

就这样,自从报名那日来过一趟学校,曼曼的爸爸似乎就从地球上消失了。

我只从同班的贾一苇这里听到一些信息。一苇是和曼曼一起从泊江海学校来的,由于有一个出生在重庆且在那里上过中学的母亲,他显得有灵性多了。

我向他了解曼曼在原来学校的情况。他说,曼曼在原来学校里从不学习,和另一个在老师看来同样有问题的男生小朴一起坐在最后面,老师只要求他们上课不吵到别人就可以了。如果他们吵闹了,老师就让他们去另一间屋子里。有一天,他们两个逃出了学校,逃到了很远的地方。

"当时,这件事闹得可大了,把整个学校都惊动了,全校师生都出去找他们。最后,小朴给追回来了,但曼曼怎么也没找到,后来听说是一位开货车的司机把她送回了家。"一苇说起这事,似乎还心有余悸,曼曼却在一边听得"咯咯"地笑,仿佛说的不是她的故事。

我想再问她具体怎么回事,曼曼就不笑也不说了。

曼曼得了『美丽奖』

由于语数包班,一天中,除艺体和英语由别的老师来上之外,其余的时间,我几乎都和学生在一起,连办公的地点也从办公室移到了教室:早上带着孩子们一起晨练,中午陪着他们一起阅读,课外活动就带他们一起玩耍;到了晚自习,还带着住校生阅读并完成作业。最初安排了在我们班任教的新世纪学校的老师来负责晚自习,但效果不好,我就自己接管过来了。

尽管初步了解到了曼曼的情况,但在忙忙碌碌的一天中,我能分给她的时间还是非常有限的。

不过只要可以,我会尽量带着曼曼一起玩一起学。跳绳时和她一起跳,吃饭时和她坐在一起,有空了就给她讲故事。

当然,最主要的陪伴,是每次晨诵前或布置作业后,我就会坐到她的身边,再带着她复习一下学过的诗歌,或者单独为她布置作业——因为布置给全班的作业,她根本就没有办法完成。

曼曼不识字,不会阅读,也不会学习,

但爱听故事。

开学后的第二周，我向孩子们了解了一下他们家里课外书的情况，家中有十多本课外书的，算是比较好的，绝大多数孩子只有几本，也无非是跟课文配套的读物而已。问到曼曼，曼曼歪着头看了我半天，似乎才听明白我在说什么，然后她摇了摇头说，一本也没有。

我们带去的一些绘本，在开学前就已经放在了教室里。趁着收拾自己家的时候，我顺便将给女儿买的适合一、二年级学生读的绘本和故事书也带到了教室里。最初的时候，能够独立读下去的孩子很少，他们中的大多数都是拿来翻看一下图画，然后就重新放回去了。曼曼尤其明显，上晚自习时，她翻着翻着，常常趴在桌子上就睡着了。

但曼曼很爱听别人给她讲故事。于是，稍有空的时候，我就读给她听；大多数时候，我让班上优秀的学生读给她听；优秀的学生后来越读越快，曼曼跟不上了，我就请刚刚有了阅读兴趣的、程度稍微比她好一些的学生给她读。在教室里如此，回到宿舍，我也会提醒一下同宿舍的几个女孩，带着她一起阅读。

那段时间，为了激发孩子们的阅读兴趣，我采用了各种办法：读完一本书后合影留念，每周评选"阅读之星"，用书籍作为奖品奖励孩子……

我发现，每次反馈阅读情况的时候，曼曼总是很认真地听着，很羡慕地看着。

这样的情况大概持续了大半个学期。

记得一个星期天的晚上，曼曼拿着一本崭新的散发着墨香的《识写500字》，非常开心地走到我面前，对我说："陈老师，你看，我爸爸已经给我买书了，我家里还有一本呢！"我翻开一看，第一页上画着一个男人，旁边写着"爸爸"，还画了一个女人，旁边写着"妈妈"，下面写着一句话——"我爱爸爸，我爱妈妈"。这是一本适合低幼孩子阅读的读物，不过，对曼曼来说，也许此时正好合适。于是，我让学生每天教她读。她就一页一页地读啊读啊，读得非常快乐。

别的同学独立做写绘，她是无法完成的，即使告诉她自己想画什么就画什么，想写什么就写什么，她也无法动笔——错失了前面的敏感期后，她对于画画和写字都是充满了恐惧的。于是，我就让她把这本书里每天读过的熟悉的诗歌抄到写绘本上，再配上画——她有极强的模仿力，虽然单独挑一个字出来她并不认识，但能依葫芦画瓢地把这些字抄到本子上。其实，这时她写字更像是在画画。

只要看到她完成了作业，我都会在她的作业本上画上笑脸，同时夸她爱写作业了。这时，曼曼就会很开心，她的眼睛里就会有光。我发现，每当她的脸上焕发出神采的时候，她其实是个很美丽的女孩。

当别的老师抱怨曼曼什么都不懂的时候，我想方设法寻找着她点点滴滴的进步，然后快乐地讲给老师们。渐渐地，曼曼在课堂上不再趴下了。老师们对她的批评少了，对她的表扬多起来了，连一向对学生非常严苛的生活老师都私下悄悄对我说："这女孩给人的印象太深了，刚来学校时，眼珠都不会转的，现在她的眼睛越来越亮了。"

仿佛一个母亲听到别人夸赞自己的孩子一样，我的内心有说不出的欢喜。

日子一天天过去了，转眼就到了期末。

这是我们有了自己的学校后的第一个期末，该如何让每个孩子在经过一个学期的努力后，都看到自己的成果呢？

干国祥在班主任会议上强调："期末，不应该是一张张冷冰冰的试卷，也不应该是一张张板着脸的成绩报告单，而应该是一个个鲜活的、生长着的、变化着的生命。因此，我们的检测，也不能只是一张试卷，而应该是学科所需要的真正的能力。"

经过讨论后，仅语文学科，我们就将期末检测分为朗诵、阅读、写绘、书写、表演、期末检测等几个项目。

干国祥又告诉大家："我们一定要知道，期末试卷的重要性远低于阅读量和写绘，和书写、朗读、戏剧表演相似，只是一个检测项。检测既不考老师，也不考学生，是拿自己或别人的尺子，看看教与学有无漏洞。自己的尺子更能看出孩子的失误，别人的尺子更能看出我们的侧重与忽略——但永远不要把别人的尺子当作真理，最多是有益的参考。

"到了期末，我们应该有一个班级叙事，主要用来讲述班级这一个学期的故事。从课程到学校生活再到学生的作品，从语文、数学、英语到音乐、体育、美术，我们走过的长长的一学期的旅程要通过讲述来呈现，我们的文化要通过讲述来传承，我们的意义要通过讲述来充盈。

"另外，我们要为每个学生颁发生命奖。这对学生的评价、对学生的发展起着决定性的作用。如果我们不是以绝对的唯一的标准来看每个孩子，就会发现，从开学初到学期结束，走过一个学期的旅程后，每个孩子都在成长着——虽然有人走得快，有人走得慢。你们可以用花、故事中的人物、诗歌等作为给孩子们的生命奖，也可以为他们编织一个词语，一方面把美好编织进孩子们的生命里，另一方面让孩子们对自己的未来有一个更美好的憧憬。到了期末，我们就组织一次由家长一起参与的期末庆典吧。"

我们都非常认同这样的理念，这是多么美好的一件事啊！

于是，我们就开始忙碌起来。每个学科的每项检测都郑重其事地进行，比如检测朗诵的时候，我们不仅要美化黑板，架上摄像机，同时还会在朗诵的那个位置前摆上一盆鲜花，以烘托气氛。孩子们仿佛游戏一般，既紧张又欢喜地接受了一次又一次的考验。

忙完期末测评，准备班级叙事，然后就是为每个孩子写生命颁奖词。第一个学期，我为每个孩子编织了独特的词语，那些优秀的、表现出色的孩子，他们的颁奖词很快就写好了。可是曼曼的颁奖词，该如何写呢？这确实是个让人头痛的问题。既然暂时找不到她光彩夺目的地方，那就从她点点滴滴的进步说起吧：

这个学期，在老师和同学们的帮助下，曼曼渐渐地发生了变化：

上课的时候，她再也不趴在桌子上了，努力地看着老师，想听懂老师的话，偶尔也会举手回答问题。她知道要按时完成作业，遇到不会的题目，有时也会来问老师。

曼曼喜欢读儿歌了。她爸爸给她买了一本《识写500字》，我让同学教她读，她就一页一页地读啊读啊，读得非常快乐。

曼曼爱听故事了。她有时会告诉我，中午的时候，同学读故事给她听。晚自习等别的同学做完作业后，她爱坐到他们身边，听他们读故事。

曼曼会画画了。从一棵小草、一朵小花，到一个女孩、一个画面，她的画越来越漂亮了。而且她的画色彩很鲜艳，画中透出她内心的快乐。

曼曼会写字了。期末写字比赛的时候，虽然她写得慢了些，但她的字写得可真工整。

曼曼还非常爱劳动。每次轮到她扫地的时候，她总是做得特别卖力，从不偷懒。

曼曼爱体育。跳绳比赛的时候，她一分钟跳了79个，体育老师告诉我，她跑步特别快，在单杠和双杠上做动作也相当不错。

很长一段时间，曼曼的书包和抽屉都很乱，但是，水仙花开放的那天，她把自己的书包和抽屉整理得特别干净整齐。

我知道了，曼曼不仅长得美，而且是个爱美的、有慧心的女孩儿。期待着这个美丽的女孩儿创造出自己的奇迹。

这是本学期给曼曼的颁奖词：

在2010年的秋天和冬天里，你荣获201班的"美丽奖"，希望你能为"愿望花教室"的神奇，做出你的贡献。

期末庆典就要来了，我格外忙碌，准备着各种材料。

一天，我正在批改写绘作业，曼曼走到我身边，问我："陈老师，他们说我也有奖状？"

我头也不抬地说："有啊！"

过了一会儿，我发现她还站在那儿。见我看她，她又不相信地看着我："真的？"

我放下手中的活，很认真地看着她说："这是真的！"

她这才跑开了。

到了期末庆典的前一天晚上，我正在忙碌，她又跑到我身边来。我问她有事吗,她笑了笑没说话,但也没离开。

过了一会儿,她终于忍不住了:"陈老师,我明天真的会有奖状?"

我笑了,再次郑重地告诉她:"你明天一定会领到奖状的!"

期末庆典那一天,曼曼是多么兴奋啊!当她从我手里接过奖状的时候,我看到她激动得脸都红了——虽然她的父亲没有像别的家长一样按时来参加我们的期末庆典,没有在她领奖的时候和她一起合影留念。

典礼结束后,她爸爸来了,是来接她回家的。这是一个标准的农民,一副木讷的样子,高原的太阳把他的脸晒得黑而粗糙,且他的眼睛大而空洞。我问他,他给我的电话是不是有问题,他拿出手机给我报了一遍号码,号码是对的。我又问他为什么不接我的电话也不回我的短信,他说他不知道怎么用手机。

我吃惊地看了他一会儿,让他把手机给我,翻到未接来电,果然有很多个,大多是我打过去的。我告诉他,看到这个按一下,就可以给我回拨电话了。然后又翻出短信,有好几个,也都是我发的。我告诉他,按一下回复,就可以给我回短信了。他说:"我不识字,也不会回短信。"

"那你家里还有谁会发短信?"

他说:"都不会。"

"那你们的亲戚中谁有文化?"

"她婶婶上过几年小学,认得些字。不过,离我家很远。"

"如果可以的话,最好寒假让她婶婶带一带曼曼。"我想,如果曼曼家中连一个识字的人都没有,那这么长的寒假实在太可怕了。

"放寒假了,我要去给别人帮忙,没时间送。"她爸爸回答得很是干脆。

我一下子无语了。

他看我不说话了,就对曼曼说:"快收拾,回了。"

曼曼磨磨蹭蹭地收拾好了东西,跟她爸爸一起走了。

看着曼曼和她爸爸远去的背影,我意识到:像曼曼这样的孩子,从出生到进入校园,就没有受到过任何像样的教育,不要说识字、数数、听故事、念儿歌,甚至日常性的交谈也几乎没有。我无法改变曼曼的家庭和她的过去,那么现在,我能做些什么呢?

一个艰难的决定

从10月15日开始,罕台就进入了冬天,学校开始供暖了——一年里,罕台有一半的时间处于冰冻与荒凉中。

罕台的寒假也因此来得特别早,元旦一过,寒假就跟着来了。几乎是没日没夜地忙碌了整整一个学期后,假期的到来仿佛一种额外的补偿,让人顿时感觉轻松了许多。睡了几天长长的懒觉,松松散散地过了几天后,一直纠结在心里的那个念想又开始挥之不去了。

这个长长的寒假,孩子们将会如何度过?报名的第一天,我已经看到了这些家长的教育理念和方式;后来通过各方了解,发觉由于这里物质生活贫乏,精神生活也贫乏到极点。将近半年的冬天,一家人通常窝在屋子里,度过这漫长的寒冬。而对于儿童来说,更为残酷的一点,就是他们的家都是散落的,连个玩伴都很难找到,更不要说有良好的学习环境和娱乐环境了。而绝大多数家长,对教育既不懂也没能力。我完全可以想象,孩子们从学校回到家后，会是怎样的一副光景。

第一个学期，为了让家长们更好地关注孩子的教育，我给家长写过十四封信，放假的日子发过无数的短信。最初，回应的家长寥寥无几，我们几个班主任之间常常开玩笑，说我们是"抛媚眼给瞎子看"。但即使这样，我也没有停止过和家长的沟通。渐渐地，只要能够识点字的家长都开始回应了。但我知道，让他们在家里带孩子写作业、阅读，恐怕是我一厢情愿的事。

想到这些，眼前又出现了曼曼无助的样子，我的心不由得紧了一下。

我无法放下这份愁绪，就在一天下午和干国祥聊到了这个话题。干国祥说："除非改变她的生存环境，否则教育能做的就非常有限。但要那样做，付出的成本会非常大。"他的意思是，可以把她接过来，让她跟我们生活一段时间。对教育来说，这是一个非常值得探究的话题，但真正实施起来，难度会很大。

我没有回答，也不知道该如何做出选择。这会是一个冒险的决定。我知道教育的重要性，也知道目前曼曼的特殊性，但要我把家庭也牵扯进来，要我把属于自己的难得的假期也搭进去，于情于理，我都不太情愿。

　　问题就这样暂时搁置，接下来的日子似乎过得也很平静，像以往的每个假期一样。除享受自己的时间外，每天晚上六点左右，我会按时给家长发送短信，把前一天在家中表现良好的孩子情况告知家长，同时给他们发送一些家教方面的内容。每天，绝大多数家长都会回复，但始终没有曼曼的消息——就像前一个学期的情况一样，短信收不到，电话也打不通。

　　于是，干国祥提议的方法就像夏天的藤蔓一样在我心里越长越结实。既然曼曼学业上的困难我有信心帮她克服，那么这点生活上的困难也不算是个事儿了吧？也许将她带上这一阵后，后面的暑假再带上一段时间，她应该就可以跟上班级的节奏了吧？这样想着，我觉得至少可以尝试一下。

　　当然，虽然这样想着，但始终下不了那个最后的决心。

　　一天清晨，我忙完家里的事，前往教室读书备课。教室内阳光正好，照在粉色的墙面和窗帘上，笼罩了一层朦胧的迷人的薄烟。

　　然而，我的内心却有难掩的空落和虚无。回想自己的人生，从杏花春雨的江南来到这荒无人烟的塞北，从繁华便捷的城市转到这偏远落后的小镇，一路走来，除希望家庭的圆满和工作的顺利外，似乎真的就没有想过太多其他的事。这样做老师究竟有何意义？这样活着究竟为了什么？其实很多时候，我是不敢问自己这种问题的，因为它们往往不会有什么确定的答案。

我摇头，叹息，想要忘掉这突然跑进心里的念头。但事实是，这样一直藏在内心深处的恒久的话题，越想忘就越忘不掉。

我站起来，从书架上取来一本狄金森的诗歌集，希望能够让自己逃离这让人害怕的问题。

如果我能使一颗心免于哀伤
［美］狄金森

如果我能使一颗心免于哀伤
我就不虚此生
如果我能解除一个生命的痛苦
平息一种酸辛

帮助一只昏厥的知更鸟
重新回到巢中

我就不虚此生

读到这首诗的刹那,我被深深地击中了:人生短暂,终其一生,我该做的或者说我能做的,必定是非常有限的。而学校教育、教师职业的魅力,或许就是拯救一个看似无望的孩子走出困境,这在某种意义上远胜于帮助一个背后已经有优秀家庭支持的孩子。

这样想着,我拿起手机,拨出了曼曼爸爸的电话。也许是命中注定的缘分吧,一向打不通的电话这次竟然顺利地打通了。

我跟曼曼的爸爸说了我的建议和想法,她爸爸在电话那头问我是不是需要收取费用,同时说他家交不起这样的假期学费。我告诉他不收任何费用,如果方便,可以为孩子准备一些她爱吃的零食,再准备一些换洗衣服就可以了。他似信非信地答应了一声。我知道,他大概是不会理解我这样的做法的,也罢,先不做更多的解释。我让他把电话给曼曼,跟她说了这事,曼曼听说可以到我家来住,高兴得一口就答应了。

于是在1月22日,我组织了第一次"寒假学习交流日"活动。尽管临近过年,家长也很忙碌,但除两个去老家过年的孩子不在罕台没来之外,其余的孩子还是在家长的带领下都来到了学校。我们一起交流了孩子们在家学习的情况,同时还让家长相互交流假期和孩子相处的经验,大家谈得非常愉快,原本计划下午四点结束的活动,结果一直延续到了五点。

那天的活动结束后,曼曼就留了下来。

曼曼来到了我家

把曼曼带到家里的第一件事，就是为她洗头洗澡。她的衣服不知已经穿了多久，摸到时感觉黏黏的。她的头发乱乱地结在一起，也不知道有多久没有洗过了。

我问她一般几天洗一次澡，她想了半天，说过年前会洗一次，平常不洗。

我还能说什么呢？开始为她准备洗漱的用品。罕台的用水很不方便，因此得精打细算，规划着用。上午，我给她洗了头。她的头发很细，也很少，可能是缺少营养的原因，显得很干燥。我总共换了四次水，才终于将她的头发洗干净。

下午，我为她洗澡。当初让她来的时候，我曾在电话里给她的爸爸说得非常清楚，希望他给孩子拿点换洗的内衣裤。但在她的袋子里，除书和本子以及一双袜子之外，没有任何衣物。我翻出了几件女儿小时候的衣服，让她挑选自己喜欢的。我将她带到卫生间，让她脱去衣服，发现她全身瘦得厉害，而且有很多抓过的痕迹。问她怎么回事，她说，因为很痒就不停地抓。我猜测，应该是这里气候太干燥的缘故。天冷，浴室里的暖气不够充足，我不敢给她长时间洗，用了一遍淋浴露并教她把身子清洗干净后，就赶紧让她擦干，抹上护肤的乳液，并给她重新穿上了衣服。

我将她的衣服放进洗衣机清洗，流出的水让卫生间的地面积了黑黑的一层。

然后，我们一起到了办公室。前天进城的时候，我和女儿一起为她挑选了一些手工、绘画等书籍，我让她先自己看看这些。她看到一本印画本，就画了起来，三角形、荷花、椭圆等。等她描完的时候，我便一边教她认识这些事物，一边将这些词写在了她的画后面。我们又一起看了《白雪公主》换装书，还读了《小红帽》的第一自然段。因为我给学生讲过这个故事，还一起唱过《小红帽》的歌，所以她很有兴致，跟着我读的时候也基本能读下来。

我问她，是继续读故事还是给画中的图填色，她说，想填色。

我很想带着她把这个故事读完，但我知道，对她来说，这是一件急不得的事。对她的教育，除一些必要的训练之外，更多的应该在和她的共同生活中慢慢完成。

第二天，我教曼曼学儿歌。我给她读了三首儿歌，一首是《小拐棍儿》，一首是《小鸡，你别看》，还有一首是《摘星星》。读完了，我问她想读哪一首，她说想读《小拐棍儿》：

老奶奶，上楼梯儿，
呼哧、呼哧喘粗气儿。
我急忙，跑上前，
给她当个"小拐棍儿"。

我一句一句教她读，发觉除"急忙""给"这样的字她读不出来之外，"奶奶"二字也不认得。我问她："你家里除爸爸妈妈外，有爷爷奶奶吗？"她摇摇头。我想平常的时候也只听她说起过妈妈，从来没说过奶奶，可能确实没有吧。我告诉她，爸爸的妈妈叫奶奶，她似懂非懂地点点头，但再次读到这里的时候又不认识了。于是，我就指着旁边的图画，告诉她画面上这个年老的女人就是"奶奶"，她这才读了出来。但下次读到的时候，就又不认识了，我就再指指图画。这样反复了好多次，她终于可以读出整首儿歌了。

下午让她做 10 以内的一步计算的加减法，一开始她拿到题目的时候，马上就说："我不会做！"我教了她两道题后，让她自己去做。结果，等我从自己的工作中回过神来，发现她坐在那里一动也没动。于是，我再过去教她。又教了两题后，再让她自己做。这回，她终于掰着手指做下去了。全部做完，一页20道口算题，她只错了几题。

在我批改的时候，我发现了一个非常有趣的现象，每次改到她做错的题时，她就会说："这道我不会做。"而我，总是说："不是的，你会做的，只是你题目没看仔细。"然后，让她拿回去订正，她就能够做对了。

可见，现在对她来说，重要的是她的心态，而不是她的能力！

晚饭后，我打开电脑，曼曼说想先看一会儿动画片。我就让女儿为她打开电脑播放，她选了《猫和老鼠》，一个人看得乐不可支，不时大笑。

看了两集后，我让她完成一篇写绘日记。她一听，就苦着脸说不会。我就让她先画画。她很高兴，画了个可爱的小女孩儿，还有一间美丽的房子。我让她自己试着写写这个故事，她又苦着脸说不会。我说："那你先说，我帮你记下来。"曼曼只看着我笑，说她不知道怎么说。在我的提醒下，曼曼终于说完了她的故事：

昨天，我回到了学校，住在了陈老师家。见到了如云姐姐，我和她睡在一起，她晚上给我讲故事。陈老师教我读儿歌，还教我做口算题。今天，我已经背了一首儿歌，还做了一页口算题。我今天很高兴。

我帮她一字一句地记录下了这个故事。为了更好地帮助她认得这些来自她自己的文字，我带她读了几遍。她基本能读下来，但由于字认不全，她自己说过的话，等第二遍再去读的时候，又会有所变化。我也不再强求，告诉她作业已经完成了。

她拿着本子看了又看，过了一会儿她歪着头不好意思地问我："陈老师，'祝你幸福'怎么写？"我给她写在了草稿本上。她走到自己的桌子那边去了。过了一会儿，她过来了，很开心地拿着她的本子给我看，只见上面又画了三个爱心，分别写着"陈老师家""祝你""幸福"。

这一刹那，我感觉鼻子酸酸的。我知道，教育就是用爱收获爱的过程。

这之后，曼曼爱上了写绘。在1月24日那天，曼曼用四幅画描绘了她一天的生活。第一幅，是一个梳着两根小辫子的小姑娘在洗澡,她笑得很开心,连热水器也在笑。第二幅,两个小姑娘在转呼啦圈,一个旁边写着"如云姐姐",一个写着"我",她们玩得很快乐。第三幅,画了一张桌子、一些凳子,这是在吃东西。上面写了她最爱吃的"鸡汤""冰糖",还有她有些怕但又很想吃的"辣椒"。第四幅,画的是她自己一个人在房间里跳舞,房间布置得像舞台一样,她跳得很陶醉……

看得出来,除了在学习遇到困难时,曼曼会下意识地做苦脸、皱眉,再困难一点时会掉眼泪,在我家的日子,她还是过得非常快乐的。

而和曼曼如此亲密地接触后,我发觉她实在可以说是一个标准的"野孩子"。这个"野",不是说她调皮捣蛋,也不是她故意使坏,而是她真的几乎什么都不懂,只是凭着自己的天性在活着。她的一切几乎都得从头开始,无论是学习还是生活,就像第一天,我得重新教她洗脸、刷牙、洗头、洗澡一样。

教育真的是一件需要无限耐心和细心的工作,尤其是对这样一个几乎没"教"过的"野孩子"。

比如说开门这件事吧,本来是最简单不过的,但是,曼曼不喜欢推,而喜欢撞。天冷了,她喜欢把自己的手缩到袖子里，到了家或办公室，她又喜欢走在最前面，"嘭"一下就把门撞开了。提醒了她几次，几乎没有效果。然后只得在她撞了门以后，我让她轻轻关上，再重新轻轻推开。一次不行，就来第二次，甚至第三次。

比如说吃饭这件事吧，每次只要饭菜一端出来，她拿起筷子就吃，从来不等大家。看到自己喜欢吃的菜，就会一直吃，直到自己吃得心满意足为止。嚼东西的时候，还发出很大的声响。我知道，这时候指责是没有用的，这并不是她的错，我得像教一个一两岁的孩子一样，慢慢地教她。

那些日子，仿佛家中又多出一个幼小的女儿。好在丈夫支持，女儿也配合，日子虽然不像我以前习惯的那样宁静快乐，但过得也还算平和。不知不觉地，七天就过去了，我们原先约定的曼曼归家的日子就要到了。

在临走的前一天，我跟她爸爸说好，让他来接她回家过年。晚上，我们和同样留在罕台过年的杨超一家一起在操场上放烟花。曼曼那天的写绘是这样写的：

今天，我们一起在学校的操场上放烟花。烟花放起来了，黑黑的天空一下子变得很亮很亮，那烟花就像流星雨一样。我拉着陈老师的手，说："陈老师，我好害怕！"我的心扑通扑通跳得很快。啊，今天我真高兴啊！

第二天早上，我和曼曼在办公室等她爸爸。在等候的时间里，我让曼曼做一会儿数学题。应该有半小时左右了吧，我走到她身边，发现她的数学题才做了五道，而且竟然全错：6+9=8，6+8=7，2+6=4，6+5=4，7+6=5。

一看就知道，她根本没仔细算，而是乱写一气。我问她为什么这样，她的眼泪就流下来了。再问，她的眼泪就流得更多了。后来，她终于含糊地说，因为这些题目她不会做。我没再勉强，就让她拿出绘本看一会儿书。超过我们约定的时间大概半个小时了，还是见不到她爸爸的影子。趁着曼曼在看书，我走到外面去给她爸爸打电话。没人接；再拨，没人接；再拨一次，还是没人接。一直过了一个小时左右，她爸爸才终于出现在学校里。我问他为什么不接电话，他没说话，拿出电话按了好一会儿，还是没按出个所以然来。

我没再问，拿起曼曼的口算本给他。他能认的字少得可怜，但看到女儿得了"99"分的口算本，面无表情的脸竟然也露出了喜色。我又让曼曼把这些天来学的儿歌一首首地读给爸爸听，他听着，嘴角露出了一丝不易察觉的笑。

我告诉他，曼曼其实很聪明，但是，由于他们以前一直认为这个女孩智商有问题，从小没好好教育她，所以错过了不少时间。不过，从现在开始，应该还来得及。曼曼爸爸边听边点头。我对他说，从现在开始，一定要把教育女儿当成最重要的事情，一定要相信这个女儿，并且一定要把她培养好。因为现在已经证明：只要教育方法得当，这个女儿完全有可能成为一个优秀的孩子！

他听着，似乎也看到了希望。接下来，我给他具体地讲了一下曼曼在剩下的日子里可以做的也能够做的作业：1. 每天读一首儿歌和一个故事，再完成一个写绘。2. 每天写两到三页口算题。我知道，对于曼曼来说，我面向全班布置的语文、数学寒假作业都太难了，甚至连我特意为自己班孩子制作的书法作业，对她来说也难，那就都暂时放下吧。把她能做的做到最好，那么，这个寒假对她来说，也就不算虚度了。

另外，我还提了几个要求：1. 家里不要整天放着电视。要等到曼曼把作业做完后，放一些好看的碟片给她看。(我从女儿以前看过的碟片中,给她找了《娃娃歌伴舞》《小不点儿学唐诗》《拼音歌谣点唱机》《安徒生童话》,让她带回去看。) 2. 要给她准备一张桌子,专门让她做作业时用。(这是因为我看到曼曼带来的作业本上,常常沾满了油渍。) 3. 完成作业实在有困难的时候,要学会寻求帮助,可以给我打电话。

我一项一项地说着,觉得这个时候自己真的像极了一个唠唠叨叨的老太婆!会有用吗?我也不知道。近12点了,我帮他们一起收拾好曼曼的东西,他们就走了。曼曼依依不舍地跟我说了声"再见"。

再见吧,再见!先播下一颗种子,至于何时能够发芽,就交给岁月吧!

干老师介入"诊疗"

二年级下学期是个非常特殊的学期，开学前接到了教育局的通知，说是因为教育局要对一些校园进行大规模的改建，因此，要求一个星期上六天课，放一天假。我们的工作，也显得格外地紧张了。

我一如既往地关注着曼曼。周末，让她和我们一起生活；平常的日子，也尽量多给她一些时间。而在语文学科的学习上，我采用了提前补的方法，也就是说，在上新课前，先带着她把课文学一遍。在这个过程中，我发现，曼曼有很好的模仿力，朗读的时候，简单的语句，她能学着老师的语气读出来。她的记忆力也还不错，但是，由于原来积累的实在太少，因此，这种记忆也就成了临时性的记忆，保存的时间非常短暂，这严重地影响了她的阅读和理解。不过，一个学期下来，她已经能够背出十多首金子美铃的诗歌，流利地读出七八篇课文了。曼曼现在还不能够独立阅读绘本，但她听故事的能力正在逐渐提高。在老师讲故事的时候，她专注多了，也能回答一些简单的问题了。有时，听完一个故事后，她还能讲出一个大概来了。

而作为班主任，我还全面地关注着她在其他方面的表现。我发现这个学期开始，曼曼在英语课上的变化非常大。以前她上课总是蔫蔫的，现在可积极了，经常会举手发言，说错了也不会像以前那样垂头丧气了。别人在读课文的时候，她就在一旁默默地听着，直到她也会读了为止。听写字母，刚开始错得比较多，她就在下面努力练习，后来就错得越来越少。有一次，她还骄傲地对英语老师说，这次她可以保证听写全对。结果，竟然真的全对了。英语老师对我说："这个学期，曼曼整个生命都在慢慢苏醒过来。"

手工课，我们主要安排的是做剪纸。曼曼在开学之初做剪纸的时候，就表现出了专注和一定的细致，并且在折纸的时候，这些特质更加明显。因为有同学的帮助，即使遇到一些困难，也可以很快解决，因此她经常会有不错的作品。她在手工课上的各方面表现都很好。可能是喜欢手工，喜欢王老师的缘故吧，她遇见困难就会主动询问，所以从来没有见她做不出来作品的时候。而且，每次她做完作品，总不忘拿到我面前来给我看。

体育一直是曼曼的强项。记得我们刚练习跳大绳的时候,不少孩子害怕那根粗粗的绳子,都躲得远远的。但曼曼不怕,敢往里面冲,而且一次次地练习。到后来,她就成了跳得最好的那一个。

由于我是语数包班,因此在平常的日子里实在腾不出时间再对曼曼这样特殊的孩子进行数学知识的单独辅导,干国祥老师决定介入对曼曼的"诊疗"。于是,每节数学课,曼曼就会到干老师的办公室去学习。这个时间,我得在教室里上课,因此关于曼曼数学方面的学习情况,主要摘自干老师记录的文字:

3月11日　星期五

我相信曼曼是值得关注、带有象征意义的孩子。已经上二年级的曼曼,是一笔更原生态的教育学财富。

从教育成本上,有人会认为投资在曼曼身上或许不太值得,虽然她现在能够进行10以内的加减法了……

有人问:"干老师,对于这样的学生,您准备如何待之?继续这样的辅导吗?想达到什么样的效果?"我想所有持此类问题的人,都可以去读读一本叫《夏洛的网》的童书(也有真人版电影)。我对生命,有着无限的信任与期许,并深知任何卓越的成就都不是庸常之人所能获得。

半年多来,陈老师从未放弃对曼曼的教育以及鼓励,在她的努力下,曼曼已经从最初的只能数到10,提升到现在能够熟练计算10以内的加减,而且也能认一些字,念一些儿歌了。体育,则是她先天而来的强项。

对一个母亲来说,最小的最弱的孩子,总会暂时地得到最大的关怀;对一个父亲来说,最大的最强的孩子,总会最终得到最大的厚爱(继承)。

4月6日　星期三

今天,曼曼开始在数学课上来我办公室接受单独教学,义工刘逍协助我教学。今天为她补了一年级语文第一课,发现她还不能单独认出"不"字,但她能够认识马、兔(因为旁边有图片)。

轻轻地
小兔小兔轻轻跳,
小狗小狗慢慢跑,
要是踩疼了小草,
我就不跟你们好。

这是我教曼曼的语文小学一年级上册的第一首儿歌(放弃须机械识记的拼音)。今天温习时,曼曼的困难在于：1."要是"读成（理解成）"如果"；2."好"读成（理解成）"友好""要好"，虽然只有一个字，她一定要读成两个字音。单独认字时，"不""慢"等字都不认识。

数学第一课，我让她写出13这个数字，她不知道。旁边刘逍用手指在桌上写了13，结果她就在纸上写出了英文大写字母B。然后我让她从9开始写，写下10，然后她就写出了13，并用围棋子在桌上摆出了13颗……

让曼曼理解35与42哪个大，这可是一项非常困难的工程，即使她已经摆出了35（三个装10颗围棋子的纸杯，加5颗围棋子）和42，她仍然很难在这两个数之间判断——因为4比3大，5比2或4大……

4月7日　星期四

今天辅导时间搞错了，第三节本是手工课，结果让曼曼来我这里学了语文和数学，第四节数学（约定的唯一辅导时间）怎么办？于是给她补了手工课，结果就成了一个故事……

义工刘逍是这样记录的：干老师在给曼曼提前补，他们在共同作画。因为上了一节课的儿歌识字和棋子数学，现在用手工课放松一下。先是干老师送给曼曼一只"手套"，曼曼又做了一只。曼曼说要把这双手套送给陈老师，陈老师把图片贴在教室里的白墙上。刚才王小茉过来说："老师，那幅画好漂亮哦！"

4月8日　星期五

曼曼在数学上有突破性的进展，她对十位数和个位数，开始有了感性区分。虽然在摆11，和比较27和72时，仍然存在明显困难，但后来她一下子完成了六对数的比较，全部正确。无论语文、数学还是手工课，她居然都学得津津有味——虽然认字仍然是她有点发怵的时刻。

第三次授课，数学仍是基数的认识和比较；语文重温前面两首儿歌，新学《在一起》。发现曼曼大脑里没有黄色和青色这样的概念，只有红色的概念。她的语言听力的水平明显高过文字，所以我不能让她以记声音的方式来完成学习，必须让她面对文字，虽然现在绝不能一个字一个字地教。

4月9日　星期六

今天，曼曼在数学上有突破性进展，顺利地完成了如18-4,12+4这样的题,通过摆围棋子,又顺利地完成了15-6之类的题。但是语文学得远比前两天慢,如一个"桥"字,在画了图、看了许多桥的照片后,她仍然不能准确地读出卡片上的"桥"字,每次遇到儿歌中的"桥"也不得不停下来。

今天曼曼涉及的儿歌是一首特殊的儿歌,因此,我改变平常的顺序,复习原来的儿歌后,先让她做数学,然后再来学习这首儿歌。用尽了形象与经验的手段,仍然代替不了大面积不识字所带来的艰难。但这样的状况,会慢慢改变的,正在慢慢改变……最重要的,是曼曼每次离开我这里时,总带着满满的成就感与自尊感。

虽然只有不足一天的休息日,但还是为曼曼准备了作业,一纸写字,两页四首学过的儿歌(圈出部分字要求认,能背),几十道数学题(30颗围棋子作为计算工具)。

4月10日 星期日

今天返校,曼曼下午四点到了学校,脸上黑黑的,像只花斑猫。教学楼没水,陈美丽把她带到我办公室,用仅有的一脸盆水洗了。然后我检查她的作业:大小比较、20以内加减、几个数的连加几种题都全部正确（据说进位计算摆了围棋子确保准确）；四首儿歌仍障碍重重，单字通过"走""想"两个，"桥""能""会""过"等字未过关。

她告诉我书法纸没完成——时间本就不多，这几天抽空做吧。我到教室转悠的时候，曼曼已经在做那张写字纸了，不过，又不认得"好""桥""欢""能"这些字了，另外的大多数字，我特意选择了她已经完全认识的。

约过了一个小时，我再到教室的时候，曼曼正好写完了一张写字纸。

从曼曼的数学计算来看，她的智力完全正常；从她严重困难的识字来看，这可能是自幼缺乏语言交流、积极去认识事物的后果。

道路非常漫长。

晚上，义工刘逍为曼曼和周小伟进行明天语文课的提前补习。

曼曼的听力比较好，能够较快地跟着人的声音——但是事实上，她对所读字音的理解是相当有问题的。所以只要片刻之后，她的声音就马上走了样。如"多点几盏油灯"，她第一次非常快地跟上，但再读，就既读不准"盏"，也读不准"油灯"，解释了也没用——

因为各种经验的严重匮乏。经验、事物与词语之间的不相关联,正是她幼时教育的不良结果。

一流的听力和模仿力,严重匮乏的经验,少得可怜的识字量,越来越好的学习状态……这就是曼曼当前的语文现状。

4月11日　星期一

今天的学习曼曼可谓是大起大落。

她能够机械地凭着记忆,计算出(其实是回忆起)7+8=15这样的题,但是却不知道7加上几,是10。

今天她遭遇的障碍有:一个数加上0是多少?(90+0= 崩溃)

一个整十的数,加上一个个位数,是多少?(如20+4 =?)

一个数加上几,才能等于10? (如 4+?=10)

几个问题聚在一起,结果导致她最后连2+4是多少也不知道了(习得性无助,心理素质不好的孩子遇挫后的反应)。我改教儿歌,但她仍然状态不佳——我知道这仍然是遭遇挫折之后的心理症结——必须成功,才能有后面的一切可能!

正好她们班今天有两节数学课,于是她休息后,继续在我这里攻关。

然后,在我加大示范次数之后,她顺利地完成了所有凑十、整十加数的练习,而且非常顺利地完成了十多道类似 7+8=15 这样的分解凑十再计算的题(8+2+5)。

同时,她还基本完成了《欢迎台湾小朋友》这首儿歌的初学。识字,仍然是她最不能轻易越过的障碍,她须在识得一千字左右,才有可能产生内在的质变,这个过程需要一年左右。

4月12日 星期二

今天曼曼情商影响智商,而情商的严重不稳定极易受影响、易受伤害,正是学困生的重大原因之一。

面对这种情况有两种对策:或者放弃学习,暂时游戏;或者延长成就感。前者可避免伤害,后者或可培养抗挫能力。

不过,曼曼总是让你感到惊奇。

上午不知道 6 可以拆分成 1 和几,下午便在陈美丽的教导下,在黑板上完成了如下竖式计算。

```
  3 8     4 6     5 4     3 9     8 6     7 8
+ 4 6   + 2 6   + 2 9   + 4 1   +   9   + 1 8
```

但是我仍然得告诉你：不要被表面现象蒙蔽。只要所有这些数字是不相关联的，是各自散的，这样的成就就不可靠，因为它事实上是一种程序的暂时娴熟，处境稍变，便会彻底丧失，且无法迁移。

作为研究性质的教学，干老师的教学内容当然不可能涉及本册数学学习的方方面面。同时因为学校还有更重要的事务需要他去谋划，因此，半个学期后，曼曼也就回到了教室，跟着大家一起学习了。

我知道，对曼曼的帮助，仅靠老师是不够的，她平常更多的时间是和同学一起度过，因此，她的同桌就显得尤其重要。

现在我们班上最优秀也最能干的，是刘娅同学。于是，在一个下午，我找刘娅谈了想让她和曼曼坐同桌的想法，她想了想，答应了。

我发现，把曼曼调到刘娅身边的位置时，曼曼非常开心。

从那以后，在课堂上，我布置了学习任务后，刘娅就会先自己快速完成，然后再去帮助曼曼。

记得在一个星期四下午，那天的阳光特别明媚，窗台上的那盆鸭跖草的叶子泛着淡淡的紫色的光。语文课，我们一起学习《北京亮起来了》这篇课文。由于目前班上的孩子朗读能力普遍偏弱，因此课文讲完后，我安排同桌两人合作朗读。

我先让大家练习了一会儿，然后抽了几组学生来展示。这篇课文共有四段，孩子们在合作的时候，都是开头和结尾两人一起读，中间两人分别各读一段。前面三组同桌由于语文基础相对较好，因此他们配合得很默契，读得也比较流畅。

我正在考虑下一组该抽谁的时候，忽然发现刘娅和曼曼两个人举起了手。我犹豫地看了看刘娅，这个聪慧的女孩似乎明白我在犹豫什么，向我微笑了一下，同时再次晃动了一下举着的那只手，目光坚定地看着我。我又看了看曼曼，发觉她有些羞怯，但竟也没有把举起的手放下。

当我点到她们两个的名字时，全班同学都诧异地看着她们，我想他们一定也和我一样好奇：曼曼可是连字都没认识几个，这课文她们两个要如何合作着来读？

她们来到了讲台前，欢喜中有些激动。站定后，两个人相互看了一眼，然后她们开始读了：她们不是一起读，也不是你一句我一句地读，而是刘娅读一句，曼曼跟一句，仿佛一个老师带着一个孩子在重新开始学习一样。我感觉到教室里突然安静下来，静得只听得到她们的声音。刘娅教得认真，曼曼学得认真。曼曼读错了，刘娅还重新回过去教一遍。就这样，直到把全文读完。她们读这篇课文的时间比刚才的小组花费的时间都要多，但教室里一直非常安静。当她们两个读完的时候，孩子们都使劲儿地鼓起掌来。

那一刻，我被深深地感动了。我看了看曼曼，发觉她的眼中竟然也满是骄傲。

我知道，对曼曼来说，老师和同学的爱仿佛空气一般，让她的生命得到了舒展。但她还得继续生长，长成她自己该有的模样。

这个学期因为一周上六天的课，所以结束得特别快，到五月底时，这个学期就已经接近尾声了。盘点一下这个学期语文学科的收获，让人都觉得有些不可思议：每天早晨，我们都在美妙的诗歌中开始新的一天，从《我要做个好孩子》到《三字经》，从唐诗到金子美铃的诗歌，学了近一百首诗歌和十几首动听的歌曲。语文课上，我们不但顺利地学完了全部的教材，而且还用两个星期的时间学了对这些孩子来说难度相当大的《丑小鸭》的原文。另外，还专门开出了阅读课，给孩子们讲了好多有趣的故事。

临近期末,我们的童话剧《犟龟》的排练也紧锣密鼓地开始了,那场面真的可以用"全民总动员"来形容:美术李老师带孩子们一起设计制作了头饰,并且帮助我们完成了最困难的服装设计和制作。手工王老师为我们制作了场景中用到的道具。体育云老师为我们排练了好几个舞蹈,尤其是最后一个集体舞,云老师更是付出了很多心血。音乐杨老师是最忙碌的一个,从歌曲的教唱到音乐的选择一直到最后的排练,他几乎参与了我们排练的每一个环节。副班主任李老师总是默默地帮我们做事,哪里需要他就会出现在哪里。家长们也参与进来,他们有的买来了我们需要的纸和布料,有的帮我们缝制衣服……

这次童话剧,曼曼还没有能力参加任何角色的竞选,主角和配角都与她无缘。当然,童话剧不会跟她无关,我们的主旨就在于要让班上的每个孩子都参与其中,因此,我们特意为她安排了一棵树的角色。当时还没有舞台,也没有屏幕,演出的场景都需要通过道具来布置。这棵树的任务就是:当犟龟陶陶所到之处是树林的时候,这棵树就要先出现在舞台上。

即使是扮演这样的一棵树,曼曼仍然是非常欢喜的。她快乐地和美术老师一起动手制作并打扮那棵树，又欢喜地和同学们一起配合着演出。最初我常常担心她会忘了自己要上台，就让蒲儿提醒她。后来发现每次在上场前她就会出现在给她指定的等候位置，我也就慢慢地放下心来。我知道，对她来说，快乐地享受这一时刻，比其他一切都重要。

《犟龟》的台词难度很大，我们的排练时间又很短，但那天孩子们的演出还是非常顺利的。演出结束后，曼曼来到我面前，一边帮我收拾道具，一边跟我说："啊，陈老师，我好紧张，我很担心我会站错了位置！"

我笑了，对她说："我开始也为你担心呢，可后来才发现，这担心是多余的，你做的比我们预料中的都要好。"

曼曼也笑了，这笑有些羞怯，仿佛鸭跖草那朵紫色的小花。

苍穹杳杳，罕台川旁，
绿洲于沙，弦歌悠扬，
楼宇雅净，乃我学堂。

晨诵诗赋，午读典章，
含英咀华，如品如尝；
入暮思省，一天回望：
是否勤奋，有无独创？

以日以年，如苗之壮。
既质又文，君子堂堂。
立此天地，达彼万方。

这是干老师在我们搬进新学校之前就写下的《罕台新教育实验小学校歌》。

歌词的第一小节，描述了学校所在的地方和环境。苍穹，就是深邃的天空，这是半沙漠半草原的罕台最大的财富、最美的风景，也暗示着这片土地，就曾是那"天苍苍，野茫茫，风吹草低见牛羊"的诗歌中所描绘的草原。鄂尔多斯高原许多地方已经成为荒漠，罕台因为地理优势，积蓄了少量的水，因此长了许多草木，仿佛一道绿洲穿越沙漠，那绿洲中高雅洁净的楼房，就是我们的学校。而我们未来的学校，也将成为一片绿洲：不仅我们的学校里有树有花有草，而且我们就像树、花和草一样，给这片土地带来绿意，带来生机。"弦歌悠扬"，指的是中国古代最伟大的教育家孔子在困难的时候，仍然带着学生弹琴唱歌不止（弦歌不绝），所以后人用"弦歌"来表示美好的学校教育。

在美丽的风景里，在漂亮的学校中，我们每天在做什么呢？第二小节讲的就是我们的生活方式：每天早上，我们开始诵读诗歌，从儿歌童谣，到古典诗词，再到中外著名诗篇，我们要一一在课程中走过。每天中午，我们沉浸在阅读中，细细地、美美地"醉"在美好之中。每天晚上，都要用这两个问题，问问自己：今天我学习有没有勤奋努力？今天我有没有自己的创造发明？

在这美丽的校园，我们每一天都这样充实地度过。

第三小节，是对未来的期待：就这样经过一天，又经过一月，经过一季，又经过一年，我们像小树苗那样茁壮成长着。长大了，我们要做堂堂正正的君子：

既有美好的品质和创造力（质），又懂得礼貌，能歌善舞（文）……今天我们立在这方天地里，明天我们将到达无数地方，而无数的地方也将流传我们这里的故事。

2011年11月26日，在历史上只是一个平凡的日子，但对我们罕台新教育实验小学的全体师生来说，这成了最难忘的日子，因为这一天我们搬入新的校园了。期盼了那么久，终于可以梦想成真了！孩子们的喜悦自然是不言而喻的。

新学校很大，四层的教学楼，四层的宿舍楼，还有一幢楼，楼下是童话剧场，楼上是室内体育馆。在宿舍楼和童话剧场中间，是一个有着400米正规跑道的操场。我们刚搬进去时，学校还没有完全竣工，操场、道路等地方还在修建中。

这全新的学校让所有的师生都觉得无比欢喜。尤其是新的教学楼，采用建筑中空的设计，顶部的玻璃天窗提供了良好的采光，高度使人在楼内也觉得开阔轻松。干国祥利用这采光，在每层楼的栏杆外都增设了一圈空间，填上土，种上不远万里运来的各种花草植物，使原本光秃秃的中空变成了悬浮的蓬勃花园。这些植物适应力极强，就像还在不断改建的学校，和我们仍在不断丰富的课程。

学校在不断地变化着，而我们的"愿望花教室"也在家长的支持下，成了全校最美的教室。

记得那是一个星期六的中午，两位家长给我们教室买来了四个柜子（两个书柜、一个衣柜、一个碗柜），五包高质量的海绵垫子，还有脸盆架、毛巾、地图、鞋套等小件物品，并且和我一起在教室里摆放整齐。后来又带着我一起前往花木市场，为我们的教室购买了六大盆花木和十小盆花草。然后，就有了我们教室里美丽的阅读角。

美丽的阅读角
贾一苇

在我们班里，有一个最美丽的地方，那就是我们的读书区，那里有软软的海绵垫子，有各种美丽的植物，还有丰富的图书，而且那里的书好像被洒了香水，而我们，就是被那馨香的书给引诱来的小毛虫，或者是饥饿的小蜜蜂。

先说说我们的海绵垫子吧，它真的很软，而且很漂亮，就像天上的云彩。这是我们最喜欢的。我们常常在上面看书,有的坐着,有的趴着。坐着的孩子说:"这海绵垫子软软的,坐着真舒服。"而趴着的人却说:"不错不错,这趴着才叫舒服呢,这才叫真正的享受哩!"

不过,更美丽的,是大叶伞的非洲茉莉,它们是我们的象征,它们就像两队士兵守护着我们。大家都爱在这绿色的植物下读书。有一次,史辉对我说:"我很喜欢在大叶伞下读书,因为要是夏天,可以在下面乘凉;冬天,就可以在下面取暖。"

现在,再来说说我们的各种书吧。这几天,班里来了一套叫《昆虫记》的书,它们很受我们的欢迎,我们都在认真地读这些书。有一些书是陈老师读过的,陈老师说,现在我们还读不懂,就没让我们读。不过,我们都在等,等到那一天,我们可以看这些书,等到那一天,我们就可以读到一百万字,一千万字,一亿字……

新新的学校,新新的教室,新新的课程,有了各种新新的机会和可能。

当学校的新操场落成的时候,学校体育组成立了田径队。

一天,负责田径的焦老师找到我说,曼曼在上学期的跑步测试中成绩名列前茅，他觉得她腿长，又有野性，训练跑步应该比较容易出成绩，因此，想让她加入田径队，每天早上和傍晚各抽出半个小时进行训练，不知道我能否同意。

我说要先听一下曼曼自己的意见再作决定。

那天晚自习结束后，我将焦老师的建议告诉了曼曼，问她是否愿意。曼曼很高兴地答应了。

我有些担忧："曼曼，你也知道，现在你学习这么困难，每天要花去一个小时进行训练，学习上肯定会受到很大的影响，你能保证每天按时完成作业吗？"

曼曼想了想，说："语文没问题，数学和英语嘛……"她笑了笑，不说话。

我又提醒她："真正的田径运动员，训练非常辛苦，你这次选择了，会后悔吗？"

曼曼很干脆地说："不后悔！"

我知道，对曼曼来说，在语、数、英的学习上，取得的成就感太少，而体育，是她先天俱有的优势，因此，她现在想进田径队，也许对目前的她来说，是一种比较好的选择。尽管我隐隐感觉到，让她参加田径队，并不是很明智，但也不想剥夺她尝试的勇气。

于是，我对她说："你想好了，如果真的想参加，那么明天早上六点半就起床,去操场向焦老师报到。"曼曼高兴地离开了。

第二天早上吃早餐的时候,焦老师告诉我,曼曼已经参加了田径队,而且训练得非常认真。

接下来的日子里,每天清早,当别的孩子自由跑步两到五圈,回到教室朗读或背诵诗歌的时候,曼曼还在操场上训练;每天傍晚,当别的同学把欠下的作业完成再出去自由玩耍的时候,曼曼已经早早地在操场上训练了。

开始的日子,曼曼很兴奋,训练得很认真,学习上也很努力。慢慢地,她的体力不支了,上课开始打瞌睡,有时甚至一跑完步回来,就只能趴在桌子上。而学习上,本就有困难的她,变得越来越艰难了。

焦老师告诉我:"曼曼在训练时有些心不在焉。她的自我控制力还是太弱,只要对她的关注少一些,她就会放松甚至懈怠。必须老师紧紧地带着她,她才能认真训练。"其实这本在我的意料之中,一个自我还没有觉醒的孩子,怎么可能会自觉地去做一件本就很辛苦的事呢?

"那还要不要让曼曼继续训练?"我想听听焦老师的意见。焦老师说,也许现在正是高原期吧,再让她坚持一阵看看。

我又去问曼曼还要不要继续参加田径队，曼曼自己也想再锻炼一段时间。

时间一天天过去，曼曼的身体和学习情况没有一点好转。

半个学期过去后，曼曼终于找到我，说："陈老师，我不想再去田径队了。"我点了点头。我知道，所有的道路都是曲折的，即使我们在努力创造着条件，但无论是人生还是教育，从来没有那么简单。一个孩子征服命运的故事还会继续书写，我们不知道结果如何，却始终心怀希望。

我们还在苏州的时候，干老师就带着团队开始了关于儿童阅读的研究。现在有了自己的学校，那些美好的阅读理念就可以最大限度地落实了。

阅读是从绘本开始的。二年级刚开始的时候，我们几乎每天给孩子们讲一个绘本，有些绘本还打印成文字，让他们进行长文朗读挑战。除了共读，还有学生的自由阅读。

曼曼在二年级上学期的阅读，除了老师或同学带着读，她自己还不能阅读绘本，基本处于翻阅一下看看图画的阶段。

到了二年级下学期的时候，孩子们的阅读进步得非常快。我开始以"肚子好饿的毛毛虫"为阅读记录单，用本数来记录孩子们阅读的情况。我发现，经过一个学期的自由赛马，孩子们的阅读水平很快拉开了距离。在第三周"肚子好饿的毛毛虫"阅读记录单上，一周之内，绮兰读了85本，全班平均读40本左右，曼曼没有交记录单。

到了三年级，在我们的教育理念中，

阅读应该到了过"阅读自动化"这一关的时候了。什么是阅读自动化？苏联著名教育家苏霍姆林斯基是这样说的：在阅读的同时能够思考，在思考的同时能够阅读。必须使阅读能达到这样一种自动化的程度，即用视觉和意识来感知所读材料的能力要大大地超过"出声地读"的能力。前一种能力超过后一种能力的程度越大，学生在阅读时进行思考的能力就越精细。

为了让不同的孩子找到最适合自己的书籍，我们又陆续进了一批"桥梁书"，共有50本，这是一些适合小学低年级学生阅读的生活故事、魔法故事、童话故事，这一本本书让孩子们循序渐进，轻松完成从图画书到文字书的阅读跨越。

自从教室里进了这批书后，孩子们的阅读也掀起了一个高潮，为了完成这项挑战，在星期天孩子们返校的时候，我统计了每个孩子读"桥梁书"的情况，并且根据他们的阅读评出了不同的星级：

二星级：蒲儿25　远航29　柳亭29　曼曼20
三星级：雨泽36　文昊39　边阳35　弘文35
　　　　子骞35　明轩36　何德38
四星级：千柔46　史辉46　刘娅40　小茉48

一苇 41　冯成 44　吕明 41　修杰 46

苏亮 45　君浩 43

五星级：梦之 50　姚兰 50

在阅读"桥梁书"的同时，班级中阅读能力最强的孩子，已经向整本书发起了挑战。

而曼曼在我、花儿老师以及同学们的帮助下，这周也读了 20 本绘本，这真是一个了不起的数字啊！

花儿老师是在二年级下学期快要结束的时候来到我们班实习的。她的到来，给曼曼带来了新的希望。曼曼很快就喜欢上了她，在写绘日记中两次写道：

花儿老师第一天来到我们班，我很快乐，因为她会转魔方。每天她都会带我们转魔方。这个魔方像一个盒子，有几种颜色，红色、黄色、绿色、蓝色，就像天上的彩虹。

我最喜欢的老师是花儿老师。花儿老师长得很漂亮。她的眼睛跟陈老师一样明亮，她的头发黄黄的，梳着辫子。花儿老师对我很好，她每天课外活动的时候，都给我讲故事。她讲故事的声音跟陈老师一样好听，我可喜欢她的声音啦,当然还有陈老师的声音,我也喜欢。花儿老师还教我背儿歌,我生气,她还耐心地教我,有时就提醒我。花儿老师比我的妈妈对我还好,我真喜欢她呀!

花儿老师的到来,对曼曼的阅读起到了极大的促进作用。不过,这也说明,她仍然要在老师的陪同下才能进行阅读。

到第七周,我又从家里将以前给女儿买的近30本书带到了教室,其中有"百年百部中国儿童文学经典系列""国际安徒生大奖作家书系""彩乌鸦系列"……这些书,对孩子们的阅读能力提出了更大的挑战。第九周时,新教育网络师范学院捐赠给我们班级的价值两千多元的图书寄到了。这批书中,有绘本,有儿童文学,有数学读物,有科普读物……

我一边不断地给学生补充新的书籍,一边通过给家长写信,讲述孩子们阅读的情况和阅读的故事:第五周的信是《让读书和写作,成为孩子最大的快乐》,第七周的信是《童年是一本打开的书》,第九周的信是《认认真真阅读,快快乐乐玩耍》。

在第十周的信《阅读,是一种教养,更是一种生

活方式》中,我是这样写的:

这个星期,在孩子们的成长史上,将是非常重要的一个星期,我能清楚地感觉到,他们的生命已经到了一个很关键的转折期。

首先,孩子们的阅读能力有了一个飞跃。前两个星期,大多数孩子还在"桥梁书"中徘徊,这个星期,除极个别孩子外,大多数孩子都已经向整本书冲刺。

上个星期,读完整整一本书的,只有弘文和史辉,但这个星期,到我现在写信时为止,已经有十一个孩子读完了一整本书。

我那么清楚地记得,星期三的晚上,本来从六点半到七点的半小时阅读时间,结果因为孩子们读得十分入迷,而被一直推迟到了七点四十分。下了课,还有孩子要求第二节课再接着看书。那个时候坐在教室里,真是一种莫大的享受啊,你似乎觉得连空气中都弥漫着浓浓的书香。

从第十一周开始,我们的阅读就开始以字数来统计阅读情况了。我告诉孩子们:阅读的最高境界不是认得书中的每一个字,而首先是快乐地读、忘我地读、陶醉地读。因此，即使里面有个别字不认识，也不重要，只要读得快乐，这就是我们最想要的理想的阅读境界了。于是，孩子们真的就像书虫一样，沉浸到了阅读中。

曼曼还停留在绘本阅读阶段，尽管这样，她的阅读能力还是一周比一周有进步。有一周，她竟然读了34本绘本。渐渐地，她也不满足于读绘本了，经常会拿起"桥梁书"让老师给她读。

三年级下学期的开学，显得特别平静，似乎一切都是这样的自然。为了再次推动孩子们的阅读，开学第一天，我们举行了"读书，像呼吸一样自然"的主题活动。我们的活动是在《没有一艘船能像一本书》这首诗中开始的：

没有一艘船能像一本书
[美] 狄金森

没有一艘船能像一本书
也没有一匹骏马能像
一页跳跃的诗行那样——
把人带往远方。

这条路最穷的人也能走
　　不必为通行税伤神
　　这是何等节俭的车——
　　承载着人的灵魂。

然后，我们回顾了从二年级开始共读过的经典童话故事《丑小鸭》《拇指姑娘》《犟龟》，以及我们共读的《女巫》《木偶奇遇记》《夏洛的网》《德国，一群老鼠的童话》等整本书。结合这些书，孩子们更好地理解了前面的诗歌，也深深地懂得了白老鼠莉莉说的关于阅读的含义：

　　阅读嘛，就像扬帆远航，从园子后面的溪流出发，航行啊航行，冲过惊涛骇浪，驶向无边的海洋。阅读，就好比飞翔，从我们厨房门内飞出去，飞到园子里的大树高头，往前飞，往前飞，飞过陌生的国度，飞过遥远的世界。阅读，就是用另一双眼睛看世界。从每一个故事中，你都可以找到一个自我，你可以学会怎样更好地认识自己。

为了在这一年让所有的孩子都达到阅读自动化的

程度，我们提出了"一年阅读1000万字"的阅读挑战。乍一听，这似乎是一个天文数字，但如果我们细细算来，发现这并不是一件特别困难的事。一年1000万字，半年就是500万字，一个月就是约100万字。一个月100万字的阅读量，分到一个星期，其实只有25万字，大约只是两本不长的儿童小说。

最初我提出这个要求的时候，孩子们都瞪大了眼睛，觉得这是一件不可能完成的事。可事实上，第一周结束的时候，我统计了他们的阅读情况，从2月19日报名到2月23日这五天时间，结果让他们自己都感到不可思议：

子骞：30万	刘娅：51.7万	梦之：27.2万
明辉：35.9万	姚兰：30.3万	一苇：29.9万
边阳：49万	修杰：54.1万	苏亮：26.9万
文昊：35.9万	史辉：50万	雨泽：34.4万
小茉：26.2万	冯成：45万	君浩：40万
千柔：22.4万	明轩：18.6万	弘文：11.9万
远航：12万	蒲儿：4万	柳亭：4万
曼曼：2.5万	小伟：3.5万	

也就是说，要达到一个月阅读100万字，其实对大多数孩子来说，并不是难事。只是对个别孩子，这仍是一个巨大的挑战。

比如说，曼曼的2.5万字，是在老师的帮助下读完的。当然，我觉得，对曼曼来说，只要她能够快乐地阅读，就已经是最大的收获了。到第十四周的时候，曼曼的阅读量是7.2万字，这是她到三年级上学期为止一周阅读的最高纪录。

曼曼的阅读路，确实还很漫长啊！

曼曼失踪了

三年级下学期结束后,我让曼曼回家休息一个星期,我也调整一下自己的身心。我们约定一个星期后的下午三点在学校见。

一个星期很快过去了。那天下午,我一边做事,一边等候着曼曼的到来。三点,蒲儿准时到了,半个小时过去,曼曼还没到。

由于她爸爸的不守时是常事,我也就没放在心上。我让蒲儿自己在教室里看书。大约四点四十几分,曼曼还没来,我就打电话给她的爸爸,没联系上,再打,仍没联系上。

大概五点多一点,他爸爸打来了电话。我问他为什么曼曼还没到。他很吃惊地说:"怎么还没到?"我问他:"是你把她送过来的吗?"他说:"不是,是让她乘公交车来的。早就送上了的,怎么还没到?"我一听,立刻着急了,就对他说:"那你赶快打电话给公交车司机,问一下情况。"那边的电话挂断了。

我焦急地等着他的回电，过了一会儿，没等到，我就再给他打电话，但他没接。再打，仍不接。就这样，大概打了五六个电话，仍没人接。我想他一定是听到女儿这么长时间没到学校，着急了，估计没带电话就到处去找了。

等待的过程中，我担心她可能会先去学生宿舍，就去宿舍看了，发现没人。我让女儿去一楼的两个办公室看看，也问了还在假期研修的老师，都说没看到曼曼。

耽搁不起，我马上联系了学校的张副校长，把情况给他讲了一下，让他帮我问一下泊江海公交车的司机，有没有送过这样一个女孩儿到我们学校，并把曼曼爸爸的电话告诉了他。

过了一会儿，张副校长就来电话了，告诉我，司机说是送过这样一个女孩儿到我们学校，他已经把她送到了学校旁边的马路上，并看到她进来了。我赶紧去问门卫，门卫说没看到。

我再让张副校长问一下，是不是送错了学校。他再次给我回电，说根据那个司机讲的，应该没错。不过，司机说他送的好像是一个穿白裤子的女孩儿，现在不能确定她是不是进了学校。

在这个过程中，我过一会儿就给曼曼的爸爸打一个电话，但始终没人接。

老师们闻讯赶来。杨超觉得她是不是贪玩，跑到外面去了，所以开车沿着校园外的马路去找；花儿老师和我女儿也担心她第一次一个人坐车，下车的地点又不在学校门口，会不会因此而迷路，就在校园外围寻找。

生活张老师听到消息后也急匆匆地开车赶过来。我们正打算沿着往泊江海公交车的路去找时，曼曼的爸爸打电话来了，开口问我："怎么了？"我说曼曼到现在还没到。他吃惊地说："还没到？"我一听他这样说，更吃惊，问他："你刚才竟然没去找？那你在哪儿？"他说："我不在家，我在工地上干活。"女儿不见了，他竟然还能继续干活，我觉得不可思议："你女儿到现在还没到，你竟然一点不着急？"他说："我不在家呀。"我说："你女儿现在还没到，你现在赶紧沿着泊江海公交车的路线找过来吧。"他说了声"哦"就挂断了电话。

这时，干老师过来了，问了一下情况后，说如果这样，就得报警了。

我给曼曼爸爸打电话，这回电话拨通了。我问他今天曼曼来的时候，穿的是什么衣服，我们准备报警了。

他说:"我不在家,不是我送的。"停了一下,他说:"我问一下家里,看是不是把她送上车了。"

等了一会儿,电话没打过来。这边,我和张老师已经准备往他家去走一趟。我边往车子那边走,边再打电话给他。

电话通了。这回,曼曼的爸爸说:"在家呢,还没送过来。"

天哪,他说得如此轻描淡写,我还能说些什么呢?

我赶紧把这个消息告诉那些为了找曼曼而焦急忙碌的老师们,大家也就放下了心,各自散了。只是对于那个送过来的女孩儿到底是谁,我们仍有疑问。晚上,杨超告诉我,那是一个一年级的女孩儿,因为从描述的外形上看很相似,所以才误认为是曼曼。

我知道,这一次我再也不能等了。我必须到曼曼家去看看。

第二天早上,我打电话给曼曼的爸爸,告诉他下午我要去他家家访。打了两个电话,都没人接。正准备打第三个电话的时候,忽然看到本应该在家里的曼曼站在教学楼的楼梯口。我吃惊地问她,是谁送她来的?她说是不认识的人。我又问她,是谁让她来的?她说是她爸爸。我再打电话给她爸爸,电话通了。我问他,是谁送曼曼来的？他说他也不知道，因为他一早就到离家很远的地方去干活了。

我知道问不出什么了，就不再问他。然后，我告诉他，今天下午我要去他家家访，让他两点半在家里等我。他一如既往地"哦"了一声就把电话挂断了。

8月6日,一个阴风怒号的日子。我自己不会开车,因此跟杨超约好下午两点,让他开车带我去曼曼家家访。午睡到一点十五分,起来看天色,阴沉得可怕。

正犹豫着这样的天气还要不要去,女儿上网帮我查看了一下气象,说今天的暴雨已经过去了。于是,我决定动身。

我向学生梦之打听过曼曼家的具体地址。梦之说,到柴登后找"赵孙批发部"里的人问一下,那是曼曼家的远房亲戚。

到达柴登,我们找到了"赵孙批发部",就在马路边上。进去时,两个小女孩正在看电视。一问,发现其中一个就是曼曼在日记中提到过的同在我们学校上学的二年级学生小珂,我就让她带我去曼曼家。

小珂很懂事,站起来就带着我去曼曼家。走过一段窄窄的弯曲的小路,没几分钟便来到了一间土屋前。小珂告诉我,这就是曼曼的家。我不敢相信:这能叫家吗?土路上、屋子前堆放着各种废弃的生活用具,用黄泥砌成的房屋看上去残破不堪,难以想象是人生活的地方。

小珂帮我去敲门，没人答应。她推开门一看，说没人。

我打电话给曼曼的爸爸，告诉他我已经到他家门口了。他在电话里不相信地说："你已经到我家门口了？"我说："是的。"他说："我在很远的地方呀，请不了假。"我说："我已经到你家门口了，你看能不能请个假提前回来。"他"哦"了一声，就挂断了电话。

不一会儿，一个男人打扮的女人走了过来——蓬乱的头发，红肿的双眼，歪斜的嘴巴，看得人心里直发毛。小珂告诉我，那就是曼曼的妈妈。

那女人看到了我们，发出了一声含糊的声音，我听不清她在说什么，猜她应该在问我们是谁，我赶紧告诉她，我是曼曼的老师。小珂说她听不懂。我再说了一遍，她就开始用手指着马路的方向，嘴里又不知含糊地在说着什么。

小珂说，曼曼还有一个奶奶。我见无法跟曼曼的妈妈沟通，就让她去找曼曼的奶奶来。小珂再次提醒我，她听不懂。果然，她不知道我在说什么，就呆呆地站在一边。只要我跟她说话，她就用手指着马路的方向，含糊地说着谁也听不懂的话。

正在我不知该如何是好的时候，走来一个老人，头发花白，脸色焦黑，看上去像饥荒时的难民。小珂说，她就是曼曼的奶奶。

我和曼曼的奶奶还能交流一些，虽然她说她听不懂我的普通话，而我也几乎是连猜带蒙再加上小珂的翻译才听懂了一些她的话。

我们到了一间用水泥砌成的平房里，后来小珂的妈妈告诉我，这是政府出资给他们盖的。房子里面的地面用水泥硬化过了，分成四个小房间，有一个小小的客厅，客厅里摆放着两个沙发，另一个房间里还有一台洗衣机。小客厅的墙上，贴着曼曼得到的所有奖状。这间房子才终于有了点普通人家的气息。

曼曼的奶奶问我是不是曼曼的老师，我说是的。我问她知道不知道我是什么老师，她说她不知道，因为曼曼回家后从不跟她说话，也不跟她提学校的事。曼曼平时就跟她一起住在她的那个房子里——也就是那间土屋里。

她带我去看了一下那个房间，虽是白天，但里面仍是黑漆漆的，从一个小小的窗户里可以见到一点日光。墙上一片斑驳，里面的东西仿佛发了霉。屋子里只有一张床，床上被褥、衣服乱堆一气。一张桌子被灰尘和生活杂质侵蚀得发了黑，上面放着一口锅和几只碗。

我们重新回到刚才的小客厅聊了一会儿，还不见曼曼的爸爸回来，我就回到了小珂家的那个批发部。这时，小珂的妈妈和爸爸都回来了。我一进门，小珂的妈妈就递给我一瓶饮料，热情地说："你就是陈老师吧？赶紧喝点东西。"

于是，我就在她家坐了下来，想从她那里了解一些情况。或许因为做生意的缘故吧，她是很会说话的女人，一一地把曼曼家里的情况告诉了我。

今天早上，她看到曼曼的奶奶想把曼曼送到学校，让曼曼乘公交车，但又没带钱。她觉得这样很不安全，就让给她家送货的那个司机把曼曼送到了学校。我心想，难怪曼曼说她不认识那个司机。

她边说边感慨："你看这一家人，个个都有问题。"她说着，用眼角看了看坐在远处的曼曼的奶奶，叹了口气。曼曼的奶奶正看向外面喧哗着的几个女人。

"实话跟你说吧，"她犹豫了一会儿，放低了声音，"你见过她妈了吧？她脑子有问题，没有劳动能力，连自己的生活都无法自理。她爸反应迟钝，很难跟人进行正常沟通。她奶奶也好不到哪儿去。真是可怜啊！

前些年，这一家人连生存都很艰难。听说现在政府出台了一个政策，就是专门帮助像他们家那样的，大概就是这个意思吧，先帮他们建了那个平房，村里还给他们全家申请了低保、残疾人救助、临时救助啥的，现在他们的日子好过多了。她爸肯吃苦，否则真不知道他们的日子该怎么过下去呀！"

小珂的妈妈说完后深深地叹了口气："不管怎样，我们也算是有一点点亲戚关系，所以有时也不能看着他们这样一点不管。"

停了一会儿，她又说，这条街上的人都知道，曼曼遇到了一个好老师，不但平时给她买衣服，还在假期免费给她补课。"陈老师啊，你现在来看过她家了，真是可怜啊！这女孩儿要不是遇到你，也没救啦！"见我不喝饮料，她就拧开了盖子把饮料重新递到我手里。

正聊着，曼曼的爸爸进来了，一见我就说："你还真来了，我以为你在跟我开玩笑。"

我苦笑："这样的事我会跟你开玩笑吗？"

我问他昨天是怎么回事，他说，他一早就出门了，以为曼曼已经乘公交车来学校了。他还说，他的手机连铃声都没了，他在机器旁干活，根本不知道有电话来，即使来了也听不清楚。

我告诉他，因为昨天的事，我们那么多老师四处找人，折腾了很久。他听了却告诉我，反而是我昨天说要报警的电话把他吓了一大跳，他还以为我在开玩笑。

我不禁苦笑。我很想告诉他，希望他换一个手机，这样接听电话时会方便些，但这样的话说出来也不合适，便沉默了一会儿，就告辞了。他说我走了那么远来家访，应该请我吃顿饭，我推却后就出了门。

坐在杨超开的车里，我的心情无比沉重。

难怪曼曼家里分明有奶奶却连"奶奶"两个字也不认识，难怪曼曼上了二年级还是这个样子，原来这就是曼曼的家庭，这就是她生长的环境。

一切似乎都在预料之中，但一切似乎又都在预料之外。生活，有时真的太残酷了。

回到家里，我记录下了这次家访的过程。干国祥看了后，写下了《教育狼孩及其拯救》一文：

这些被视为"智障"的儿童，其实在遗传基因上并没有任何问题。我们在分析这些个案的时候，套用狼孩的隐喻，把这些孩子称为"教育狼孩"，即出生后，并没有在正常的人类社会生活中被健康地抚育，最终导致了他们智力上的严重障碍。在浅层次，我们归纳出狼孩现象三期：

第一期，母亲缺位，家庭智力氛围恶劣，人际关系冷漠疏远；

第二期，初始学习失败，陷于恶性教育学循环；

第三期，学习失败与道德不成熟交互影响，出现反社会倾向或以失败者角色自居。

是的，他们不仅仅是可怜的孩子，他们中的大多数，一开始就与疾病、心灵创伤、偷窃、撒谎、物欲的贪婪、暴力和对暴力的依恋纠缠在一起。如果不得到及时的治疗与拯救，那么他们今日的可怜将成为明日的可怕。

....

"教育狼孩"现象的三个时期，我们无法改变第一期，但完全能在第二期让孩子进入良性教育学循环，以避免第三期恶果——虽然从成本上来说，这样的投入与产出，完全不是任何教育经济学可以考量的；而且这种教育的意义，也压根没法用任何一种评估办法能得以公正地评估。

事实上，即使有学校丰富的课程，有陈老师坚持不懈的努力，曼曼仍然处于"濒危动物"的名单中，她飞速的进步仍然没有能够让她有足够的能量跟上正常教学，而如果一旦中断我们对她的特殊教育，她健康发展的希望仍会非常渺茫。而在道德发展上，她也仍然停留在功利阶段（逃避惩罚、追逐奖励），而无法到达"我要成为一个好孩子"阶段，更谈不上后面更高的"将心比心"等道德阶段。但是，只要这丰富的生活依然能成为她的空气，为她而设计的介入式疗治能够持续两三年，那么她就将彻底地迎来生命的春天……

在我们的教室中,有一份自己的日历。在这份日历中,哪些日子将被我们隆重地标注?不是那些追随着新闻和商业炒作的情人节、愚人节,甚至也不是这样那样的节日,而是真正属于自己教室的日子:春游踏青、秋游赏叶,童话剧演出后的纪念日——夏洛节或彼得·潘节,开学典礼和期末庆典,象征每一个课程结束的收获节,还有每一个孩子的生日。它们被规划在我们的教室日历中,像一个个我们必须兑现的美好承诺、一段段孩子们值得期望的美好旅程。

当然,对每个孩子来说,最为期盼的,就是他们自己的生日了。这一天,我会为孩子准备一个生日故事或晨诵诗,以及一首由这个故事或诗歌改编的送给这个孩子的生日诗。家长们得知我们这样的庆祝仪式后,常常会在那一天买一个蛋糕送到教室,让大家一起分享。

对孩子们来说,当下最直接的幸福就是一起吃蛋糕!不过,能留下更久远记忆

曼曼,生日快乐!

的或许还是量身定制的生日诗。

有时，我给孩子的生日诗是根据他们的名字以及他们在教室里呈现的生命气质而写的：

为世界结一枚丰盈的果
——送给范丰果的生日诗

亲爱的范丰果啊，
世间万物，
都有它存在的理由，
就像你来到我们201班，
你的栩栩如生的图画，
为我们带来了美丽的色彩
和丰富的想象。

亲爱的范丰果啊，
上天不会
无缘无故地创造你，
就像你来到我们201班，
你在课堂上精彩的发言，
为你的同学打开了广阔的视野。

亲爱的范丰果啊,
在这个世界上,
你就是独一无二的存在,
就像你来到我们201班,
用你的幽默和智慧,
给我们带来欢笑和惊叹。

来吧,范丰果,
和你的同学一起,
和你的老师一起,
实现心中那个美好的梦。

让你为这个世界开出一朵花,
让你为这个世界结出一枚果,
像玉一样在丰盈的花和果,
然后,
让整个世界为你的到来喝彩!

有时,我给孩子的生日诗是根据晨诵诗歌改编的:

全世界都在对你微笑

——送给周小伟的生日诗

今天似乎和昨天没有什么不同,
阳光明媚,
万里无云,
天气暖融融。
昨天也是这样,
昨天的昨天也是这样,
昨天的昨天的昨天还是这样。

但是,今天和昨天完全不同,
你看哪,
今天,全世界都在对你微笑,
绿树在向你招手,
花儿在向你挤眼,
小鸟儿在枝头喳喳叫,
小草儿们弯腰齐声问你好,
老师和同学都为你送上深深的祝福。
因为今天,11月18日,
是你的生日。

亲爱的周小伟啊,
生日快乐!
有生的日子天天快乐!
不要在意生日怎么过,
你要知道,
生命中的每一天都是特别的!
看看你的身边,
世界多么美好!
生命中的一切都是独特的。
告诉你自己,
你也是独一无二的!

有时,我会结合校园生活和绘本故事,让孩子们感受生命的相通性:

李蒲儿的杰作
——送给李蒲儿的生日诗

今天,你在学校里快乐地生活:
早晨,你诵读着美妙的诗歌,

中午，你徜徉在故事的世界里，
晚上，你带着满足进入甜蜜的梦乡。
音乐课上，你愉快地歌唱，
美术课上，你大胆地描绘，
体育课上，你尽情地蹦跳。
你在数学课上体验着发现的快乐，
你在英语课上发挥着表演的天赋，
你在语文课中领略着汉字的奇妙。

明天，你将飞向广阔的天空。
而今天所有的这一切啊——
这散发着香气的非洲茉莉，
这美丽的红掌和凤梨，
这温馨舒适的阅读角，
这亲爱的老师和同学，
以及那养在池塘里的可爱的小金鱼，
那灿烂的晚霞和调皮的星星，
还有古老的摇篮曲，
和那快乐的雪花……
将都编进你的生活里，
化为你生命的营养。

然后，亲爱的李蒲儿啊，
善良而聪慧的李蒲儿啊，
请用你的一生，
来完成你的杰作——
像苏菲织出美丽的毯子，
像夏洛编织出让人类惊奇的文字，
你也要完成你自己的作品，
让整个世界都为之惊叹的伟大的作品。

有时，我会结合阅读这一永恒重要的话题，给孩子的生命以更高的期许：

打开书，魔术开始
——送给刘雨泽的生日诗

打开书，
王子和公主，
癞蛤蟆和拇指姑娘，
狡诈的老鼠坦普尔顿和忠实的蜘蛛夏洛，
长着长鼻子的匹诺曹，

还有变成了乌鸦的瑞夏德,
全都从书里跑了出来。

它们围着你,
向你讲述着他们神奇而曲折的故事。
你在他们的故事里,
哭泣着,欢笑着,
感动着,惊叹着,
仿佛他们就是你自己。

亲爱的刘雨泽啊,
打开书,
就是转动手中的魔法棒,
就是穿上那双七里靴,
就是擦亮阿拉丁神灯,
就是打开一扇神奇的窗……
打开书,
你的世界从此变得如此不同。

亲爱的刘雨泽啊,
打开那一本本书吧,

打开大大的书、小小的书，
打开厚厚的书、薄薄的书，
打开好玩的书、温暖的书，
打开探险的书、感人的书，
在书的世界里，
你会找到更好的你！

有蛋糕，有诗歌，在学校里和大家一起过生日总是让孩子们特别向往。边阳的生日在暑假，他总是为此感到遗憾，甚至对我开玩笑说，想重新选一个生日。我于是选择了在暑假过后开学日的晚上为他在学校过一次生日。

做一只吃书的狐狸吧！
——送给边阳的生日诗

你闻到了图书那香喷喷的味道了吗？
来吧，做一只吃书的狐狸，
在书上撒一点盐和胡椒粉，
再一页一页地把书吃到肚子里。
哪怕消化不良，哪怕囫囵吞枣，

书就是天下的第一美味!

你尝到了图书那甜滋滋的味道了吗?
来吧,做一只吃书的狐狸,
从小小的书店一直到图书馆,
把那些书一本一本地吃到你的头脑里。
哪怕变卖家产,哪怕一贫如洗,
有书的地方就是天堂!

亲爱的边阳啊,
做一只吃书的狐狸吧,
在饱吃诗书之后,
你一定会变得才华横溢,
那时,你自己也可以写书,
写出很多很多的书,
让所有爱吃书的孩子都爱不释手。

2013年10月24日,是曼曼的生日。

曼曼的生日蛋糕一般都由我购买。今年,曼曼的一个远房婶婶说好会在曼曼生日这天送蛋糕来,但等到下午也没有信息。我赶紧托人帮我买了一个蛋糕,送给曼曼。

　　那天晚自习,在温暖的教室里,我们给曼曼戴上了生日帽子,然后为她讲故事,唱生日歌,吃生日蛋糕,还送了她一首独属于她的生日诗:

有一个女孩向前走去
——送给曼曼的生日诗

有一个女孩向前走去,
她看见湛蓝的天空,
她说,
我要有天空的颜色。
于是,
天空的颜色就映在了她的眼睛里。

有一个女孩向前走去,
她看见广阔的大海,
她说,
我要有大海的丰富。
于是,
大海的丰富就藏在了她的心里。

有一个女孩向前走去,
她每天向着明亮那方,
努力吸收着美好的事物,
一步又一步。
虽然缓慢又微小,
却从来没有停下脚步。

有一个女孩向前走去,
一天又一天,
一年又一年,
她的眼睛越来越亮了,
她的小手越来越巧了,
她的头脑越来越聪明了。
更重要的是,
她越来越热爱学习了。

一个女孩向前走去,
走着走着,
就变成一朵花儿开放了。

那天,曼曼特别快乐,笑得就像一朵花儿一样。

夜晚忙碌完后,我看到干老师在微博中发了这样几句话:

> 罕台琐碎一日:断一周的网通了,因为前不久施工方又挖断电缆了……听一年级语文、二年级数学各一节,今晚是学生的电影之夜,教师的教科研之夜。今天是曼曼的生日,她曾说她婶婶会送蛋糕来,看来……生活的本质是什么?向下沉沦,向上涌现,都是本真,抉择在我。

是的,守护还是放弃,抉择在我;沉沦还是涌现,抉择也在我。我们的教室生活,漫长的一天又一天,一个星期又一个星期,一个学期又一个学期,他们应该如何度过?我想应该是种子怀想着岁月深处,在平静地过好当下的每一个日子的同时,给孩子们留下一些美好而深刻的记忆:在他们生日那天,一起欢庆生命的诞生,感受生命的神奇,破译生命的密码。

数学成了曼曼的魔障

三年级上学期结束的时候，花儿老师离开了，团队派她去北京开辟新的阵地。

四年级的时候，小薇老师来了。小薇老师年轻、天真，还没有教学的经验。

平常的日子里，她坐在我的教室里听课。数学课时，她把曼曼带出去单独进行辅导。

记得一天傍晚，小薇老师来到我们教室。我让她看了曼曼前一天的暮省："今天我很悲伤，因为数学没有人交（教）我。"

小薇老师有些不安。我说这没什么，从现在开始，如果可以的话，课外活动的时间就来帮帮她吧，光是数学课上带一带，后面如果不跟进的话，对曼曼这样的孩子，几乎没什么效果。

小薇老师答应了，然后开始让曼曼做数学题。

过了一会儿，我发现她们两个都不见了。又过了一会儿，小薇老师来到我的面前，无奈地对我说："陈老师，曼曼也不知道是怎么回事，从我把她叫到办公室后，她就一句话也不说。我以为她不喜欢在办公室，就又把她带到了舞蹈房，结果她仍是一句话也不说。我想这样不如不学了，就让她回教室来，她不肯来。我拉她，她也不肯。"

我放下手头的事，走到舞蹈房，发现曼曼坐在镜子前，低着头。我说："曼曼，过来吧，到教室来。"她站起来就走了出来。在走廊上，我问她为什么不听小薇老师的话。她一听，眼泪马上就流下来了。我又问了一遍，她仍不回答，眼泪流得更多了。我知道，现在要再跟她交流会很困难，尤其是小薇老师在旁边的情况下，于是我就让小薇老师先回去了，让曼曼也去玩了。

晚饭后，我找到了小薇老师。小薇老师很难过，没吃晚饭。我让她晚自习的时候来我们教室，为孩子们弹奏琵琶，我要让曼曼看到她身上的魅力。

七点还没到，小薇老师就来到了我们教室。正好数学张老师在让孩子做练习。小薇老师走到另一个女孩蒲儿身边，开始教她学数学。蒲儿相对基础要好一点，所以小薇老师一教，她就学得兴致勃勃的。这时，我发现曼曼很羡慕地看了她一会儿，就拿了英语书到黑板前去写了。在写的时候，还转过头来看小薇老师。过了一会儿，英语还没写完，她就忍不住了，回到位置上，见小薇老师不理睬她，便拿了数学作业跑到了办公室，找张老师去了。

　　我把她叫到教室，因为小薇老师要开始为我们弹奏琵琶了。小薇老师的琵琶技艺精湛，已经拿到了九级证书。她开始弹的时候，孩子们起初还在自顾自做着自己的事，还以为是我在电脑上放琵琶曲呢。后来回头看到原来是小薇老师坐在那儿弹奏，就情不自禁地都围了过去。

　　曼曼的座位正好靠得最近，我发现，她一脸惊喜地看着小薇老师。

　　第二天去吃早饭的时候，雨下得很大。路上，我问曼曼，有没有想过自己主动去找小薇老师，她说没想过。

　　数学课，小薇老师又来了。曼曼没有理睬小薇老师。那天，小薇老师就坐在蒲儿旁边，辅导她的数学。曼曼失落了一节课，不过，似乎还没怎么走神，努力地跟着张老师在学习着。

　　到了吃中饭的时候，我跟曼曼说："你吃完饭继续跟小薇老师去学数学吧，要不然又要落下了。"她答应了。我看到她吃完饭后，就到小薇老师面前去了。

　　后来，我在小薇老师的辅导记录中，看到了这样的文字：

9月4日

今天辅导曼曼数学，也不知什么原因，她今天表现得很好。先做了一张卷子，是"亿以内数的读法和写法练习题"，她边做我边讲，感觉这个没有什么问题。

我们是从八点四十多开始做的，中间没有看时间，不知不觉，做完这张卷子就十点多了。

想起陈老师说我和她的关系还没建立，我就带着她中场休息。我们唱了一会儿歌，弹了一会儿琴，又去活动室比赛拍皮球。休息得差不多了，我又带着她开始学习。我们正做着题，她突然对我说："老师，我不敢说。"

我问她："不敢说什么？"

她说："我就是不敢说。"然后她就写在本子上，很害羞地拿出来给我看，原来上面写着"谢谢"两个字。

我当时心里一动，笑着说："这不叫不敢，是不好意思啊。"

9月8日

干老师和陈老师指出我目前在帮助曼曼时存在的

一个问题：我一味纵容曼曼，总是被她控制，当她做得不对的时候，我不敢批评，因为一批评她就使性子，不学习了。

他们说，这不叫仁慈，这样会害了她，她会觉得她能轻易控制我。

他们提醒我，开始的时候，不是教她知识，而是和她建立关系——亲其师才能信其言嘛！当然，这种关系不只是亲密关系，更是一种规则意识。

孩子向来是"狡猾"的，他们会不断地试探我的底线。因此要记住两条原则：第一，我就不相信我引领不了你。第二，即使不能"制服"你，我也绝不能破坏做老师的底线。前者是积极管理，后者是消极管理。

他们还叮嘱我：我教给曼曼的不仅仅是知识，还有做人的道理，如果一开始我和她之间没有建立一个规则，以后我们将在情绪上消耗很多时间，浪费很多时间。

我想，我是要好好思考：张老师和陈老师给她讲题的时候，她的注意力就挺集中的，为什么我带她，她就老爱走神？曼曼需要建立一个怎样的机制？曼曼还停留在道德低级阶段，奖励和惩罚的手段对她是有效的，可以采取剥夺某些权利的方法，但是不能常用，她还没有达到一定的道德水平，还停留在一、二阶段的功利境界。我可以把一、二阶段作为手段，但是第三阶段才是目标。下次辅导开始，她错的我就指出来，怎样对怎样错，如果不改正，采取措施。一定要对她提出要求，不能让她觉得老师拿她没有办法。

9月11日

今天课外活动后，给曼曼复习了第一单元大数的认识，先带着她复习数位顺序表，然后我出了个位到千亿位的数让她读，她没有读错一个，很难的数都马上反应过来。

接着，我带她复习比大小，不同位数的，她能够马上做出来，但是相同位数的，还是有些似懂非懂。我给她讲了例题，又出了几道题让她做，做得还不错。等这个复习完了，陈老师过来叫她去吃饭。

我觉得这次她从家里回来，没有我想象的那样退步，我问她是不是有人给她辅导了，她说她婶婶辅导她做了数学练习题，还说这次她的作业得了优秀。

我很开心，这次辅导没有闹情绪，当她到处走动的时候，我让她好好坐下来，她也很配合，没有出现以前的情绪上的抵触。

让我和她一起慢慢改变吧。

然而，两个月后，小薇老师也逐渐在教育这个"狼孩"的道路上感到了力不从心。

11 月 16 日

现在给她讲题，感觉很累，因为过一段时间，再让她做讲过的，她就不会做了，走三步退两步，甚至退三步，我觉得很没有成就感，很无能为力，给她讲题状态也不好，总是板个脸，甚至很久都笑不出来，她的反馈也不是很好，有时候故意任性……

我也没有精力去和她较量什么，只是感觉好累，好累……

我觉得数学对她到底意义何在，对她来讲，如果只是学习数学，没有思维上的挑战，一点意义都没有，因为她的进步是非常缓慢的，可是我不知道怎么给她思维挑战，根本没有那么多精力和时间给她挑战思维。

11 月 17 日

我很痛苦，现在我不喜欢曼曼，她也不喜欢我，我都知道。我现在带她都是板个脸，我无法笑，真的，我现在给她补习就有恐惧感。

我觉得自己真是失败，竟然让学生这么讨厌。我发现自己很情绪化，每次辅导完她，就让情绪蔓延很久很久，也不知道哭了多少次，前几天辅导她没忍住，气得在她面前哭了……有时候我想，我给她辅导她还这样，我就特别恨，就不想辅导她了，我觉得我一点都没有爱心。

以前我会被她弄哭，干老师都感到意外，我现在也觉得自己很没用。过去要是曼曼不配合，我会给陈老师讲，但我已经很久没有跟陈老师说过了，我想凭自己的力量，不想那么没有用。干老师说，他和陈老师对曼曼充满无限希望，有时候，我却对她很绝望，干老师也对我很失望吧？

干老师经常说：像曼曼这样的孩子，就是上天派来考验一个老师的。

与其说是考验，不如说是一场长时间的斗争——其实不只是小薇老师，还有其他的一些老师也都在曼曼的"狡猾"中败下阵来了。

最终，曼曼虽然还是跟不上全班的节奏，但她仍回到教室来上课了。

假日里的变化

又一个长长的寒假来了！

自从来到罕台，我就几乎没有了假期的感觉。一年三百六十五天，除了有时为了改善一下伙食，让司机开车带我们去东胜区的超市买一些食物之外，其余的日子几乎都待在学校里，足不出户。

这个寒假，同样如此忙碌。干老师在放假的第三天就发了这样一条微博：

假期，陈美丽又得收"干女儿"了。我也习惯了，反正蒲儿说我姓干，她应该叫我"干爸爸"。而曼曼还没这份"狡猾"，她只是本能地靠近安全、舒适、美好。今天，她又因为跟不上蒲儿和周小伟，哭了两次鼻子。流泪而不放弃，哭泣坚持而仍然觉得美好，这就是教育。把放弃当成自然主义是不值得倡导的。

是的，教育不是迎合，更不是放任，而首先是引领和陪伴。

这个寒假，我开始带他们读金波的散

文诗。

一天，我们读《献给母亲的康乃馨》，曼曼读得不错，除不认识的字之外，其他的都读得比较流利。看得出来，她现在已经能够有理解地来读了。

献给母亲的康乃馨

金 波

母亲，这一天，我要献给您一束康乃馨。

母亲，永远是我心灵的依傍。

当我还躺在摇篮里的时候，就仰视您的微笑，如望见晴空里的阳光。

在您的臂弯里，听您吟哦童谣，如潺潺春水，从记忆中的昨天流到今天。

孩提时代，有您的双手引领我步入人生。

是母亲第一个让我体验到，这个世界，是个有情的世界。

母爱，是人世间的乳汁。

母亲以无言的爱消释了一生的劳顿、忧患，但在我们面前，母亲永远展现欢颜。

母爱伴我一生。即使我已大步走向漫漫旅途，也永远能感受到背后的目光。

每个人只有一位真正的母亲。她的爱永远在我们的血管里流淌。从母爱里，我学会了回报。

母爱，使我从幼稚走向成熟，又从成熟走向纯真。

为了这一切，这一天，我要献给您一束康乃馨，我的母亲。

那天晚上，曼曼在写作本上写到了她的妈妈：

我的妈妈

我的妈妈是个笨蛋，而且我的妈妈很傻。我的亲人都问我："是谁把你生下来的？"我说："是我婶婶把我生下来的。"我的亲人说："不是的，是你妈妈把你生下来的。"我很奇怪，为什么是我妈妈把我生下来的？妈妈又笨又傻，她是怎么把我生下来的呢？我的亲人问："你喜欢你的妈妈吗？"我说："喜欢。"星期五回到家，我又看到了我的妈妈生病了，她好可怜，裤子都破了。

我不知道我今天要走，可是爸爸说，要开三轮车送我到学校。我对妈妈说："我要走了。"她看着我说："叶叶。"我妈妈每天都叫我"叶叶"，我说："我不叫叶叶。"我妈妈听不见,她耳朵聋了。我妈妈什么都不知道,她是个傻瓜,因为爸爸经常打妈妈,妈妈就变成了傻瓜。我的亲人说:"你长大会照顾妈妈吗?"我说:"会。"可是,我长大要去月球上,去找美人鱼,那该怎么办呢?

(注:曼曼的原文标点使用错误率很高,我进行了改动。文字几乎原封不动,除改正了几个错别字外。)

读着这样的文字,感觉很是心酸。好在,一切都在改变着,至少,曼曼的人生不可能再像她妈妈一样了。

在我们读了八篇散文诗后,曼曼的文字也愈发灵动起来:

听 雨

我在一本书里看过,那本书里有雨的故事。

有一次,我爸爸去放羊,到了晚上,下起了雨,那时我还没睡,刚吃完饭,我听见外面在下雨,雨点打着东西,好像在说:"看,我们给你演奏歌曲,你睡觉吧。"我听着这声音,慢慢地睡着了。

第二天,我醒来,发现雨停了,太阳出来了,雨过天晴了。昨天晚上小雨下得淅淅沥沥的,啊,那声音多好听啊。到了下午,我发现又要下雨了,白云有点黑,不一会儿,果然下起了雨,那时我不在家,而在别人家。忽然起了一阵龙卷风,在远处刮起来了。我在《绿野仙踪》中看到过龙卷风,现在眼见为实,吓了我一大跳。

曼曼的文字感觉真好啊!我常常忍不住地夸她,说她长大了可以当一个作家。她听了,总是怀疑地看着我,不相信地问:"真的吗?我真的可以吗?"

这时候,我就会很肯定地告诉她:"当然。只要你愿意!"

然后,她就会欢喜地跑开。

我不知道曼曼是不是相信,我只知道曼曼爱上了写作。记事性的文章,能够写得比较有模有样了:

去"唐老鸭"超市

早上,我背完诗歌,正在看书,忽然,陈老师说:"走,曼曼,我们去超市买东西。"我情不自禁地跳了起来。我和干如云姐姐还有严老师和魏老师坐着车去。

车里很热，于是我把车窗打开了，好凉爽啊。

来到"唐老鸭"超市，有好多新鲜的水果。我不小心把西红柿认成了小果子，一看，原来是西红柿。我还拿了个小篮子，拎东西的。那个小篮子很好玩，篮子底下有轮子。

陈老师第一个买的是桃子。干如云姐姐说："老妈，我要去二楼买好吃的。"我还不知道二楼有什么，不一会儿，干如云姐姐和陈老师买了很多东西，我都记不清楚了。干如云姐姐还为我们两个买了两个小蛋糕。我们好想吃啊，可是还没付钱呢，而且手里还拿着那么多东西，也没法吃。

陈老师对我说："曼曼，拿好东西，跟我来。"陈老师把所有东西都放在一张桌子上，去付钱了。我们等了很长时间。

付完钱后，我们就坐上了车子。干如云姐姐问陈老师："可以吃了吗？"陈老师点了点头。干如云姐姐对我说："你也吃吧。"我打开蛋糕的盒子，小口小口地吃。吃到快到学校的时候，一件大事发生了，陈老师忽然开口说话了，把我吓了一跳，蛋糕掉到了车上。我好难过啊。

不得不承认，曼曼实在是一个很有语言天分的孩子。虽然起初她常常不能写完一篇文章，只能写个开头或写上一部分，但在她笔下经常能读到质朴却动人的文字。

有时我也会突发奇想：既然曼曼在语言上有天分，而数学和英语又学得如此艰难，不如就让她直接放弃数学和英语，专攻一科，是不是会学得更好呢？但是，我毕竟不是她的父母，这样一条少有人走的路，我又怎敢轻易地来帮她做出选择？拐一个弯，对生命来说也许未尝不是好事。

和以往假期补课不同的是，这次的补习感觉效果越来越好。曼曼仿佛突然开窍了似的，尽管这进步主要还只是体现在语文学习上，也已经让人足够欢喜了。

更让人欢喜的是，曼曼会独立阅读了。她是从什么时候开始独立阅读的？我已经记不得了。我只知道这个寒假不久，她就开始阅读《笨狼的故事》《狼王梦》这样的书了，她读得很入迷，常常读着读着就笑出了声。每次要回宿舍了，还舍不得把书放下。

我就让她带回宿舍去读。有时孩子就寝前，我去看她们，发现曼曼还在宿舍里津津有味地阅读着。

就像春天一样，四年级的新学期也在我们的期盼中，姗姗而来了。积蓄了一个冬天的力量，春天的一切显得生机勃勃；积蓄了一个假期的力量，孩子们也对学习表现出了少有的热情。

而我们的"全人之美"课程体系，也在干老师的设计中越来越成熟了。我们渐渐地有了自己较为理想的生活方式。

这一学期，我们正好开启了"农历的天空下"这个课程。

记得我们在读孟浩然的《春晓》后，一个学生说："啊，诗人竟然过着那么美好的日子，天天都被鸟鸣叫醒，还睡得那么甜甜蜜蜜的，我真想过上那样的美好生活。"

我问孩子们："诗人的日子真的天天都那么美好吗？"

经过讨论，我们知道了：不是的，其实是诗人用自己美好的语言为我们创造了一个美好的意境。生活，从来都是琐碎的、忙碌的，但我们的心却可以是美好的、宁静的、从容的。

我告诉孩子们："我们，也要为自己创造一个美好的世界。"

于是，我从学生的角度写了一篇下水文，题目是"我们的校园生活"。

我们的校园生活

清早，太阳还没有升起，我们就被梦想叫醒了。

洗漱完，我们就赶往教室。校园的工地上，工人们早已在辛勤地劳作了，"叮叮当当"的敲打声和小鸟清脆的叫声，组成了美妙的晨曲。

新的一天又开始了。

当早晨那温暖的阳光透过玻璃窗照进我们教室的时候，我们的晨诵就开始了。整整一个春天，我们都在百花诗词中畅游，从梅花、兰花、杏花、桃花一直到海棠、牡丹，这万紫千红的百花啊，陪伴着我们度过了一个又一个美好的黎明。现在我们已经进入了落花课程，但是，那些花儿仍然在我们生命的每个角落静静开着。因此，当我们读着那些带着忧伤的落花诗词时，我们感觉到的，不仅仅是美丽花儿的凋零，更是美好时光的流逝啊!

　　上过两节课后,我们就排着队去做广播操。现在,每次广播操时间,我们都既兴奋又期待,因为每次这个时候,都会有两个同学到前面去领操。轮到的同学当然免不了一阵紧张,而另外的同学一方面瞪着眼看得分外认真,同时在下面做也丝毫不敢大意,因为不久就会轮到自己上台,我们可不想丢了自己的尊严。

　　做完操后的自由活动时间,是我们最快乐的时光。大家一起绕操场跑完两圈后,就像鸟雀一样四散开了。有的找上一个对手去比赛跑步,有的就在那绿莹莹的草坪上竖蜻蜓翻跟头,有的两个抱在一起玩摔跤。男孩子们最喜欢踢足球了,即使时间不多,他们也会分个前锋、中锋、守门员,然后赛上一场,过一把足球瘾。女孩子们就在那儿练习劈叉下腰。操场上,笑声、叫声、嬉闹声,响成一片。这个时候,操场就是我们的自由王国。

　　中饭后,是我们的阅读时光。自由阅读时,教室里十分安静,大家都沉浸到自己的故事中去了,有的边读边咂巴着嘴巴,仿佛那是美味的食品;有的紧锁着眉头,似乎正在经历一场巨大的冒险;有的看得喜上眉梢,甚至情不自禁地笑出声来,那肯定是看到了有趣的情节……这个时候，仿佛周围的世界已经不再存在，大家都在另一个世界中漫游。如果是共读的时间，每一个小组的同学就会围在一起，大声地朗读着，热烈地讨论着，争论不下时就找老师评判，然后喜气洋洋地回到自己的小组中，为自己打上一个满意的分数。对那些真正热爱阅读的人来说，这短短的半个小时总是不够过瘾，于是他们就会带上自己喜爱的书籍，回到寝室后继续他们的阅读之旅。

当夕阳开始西沉的时候，一天紧张的学习也快结束了。课外活动时间，他们有的在认真地完成各项作业，作业完成得快的孩子就自由了，有的在快乐地弹吉他，有的在津津有味地看书，有的已经在为下次"小桥歌会"的节目做准备了……

而当夜幕降临，就是我们一天中最美好的时光。星期一是"小桥歌会"，那美妙的歌声，那优雅的舞姿，那活泼可爱的身影，还有那变幻着彩色的灯光，常常让我们有一种如梦如幻的感觉。星期二晚上的佳作欣赏，时而让我们赞不绝口，时而让我们捧腹大笑。星期三的电影之夜，更像一场精神大餐，给我们莫大的享受。而星期四的写作擂台，是最考验我们的时候，这时，大家都绞尽脑汁，希望能够在写作中让自己光彩照人。

当一天就要结束的时候，我们就要开始反省：这一天我努力了吗？我的生命是否活得有价值？这样的反省不仅仅写在我们的暮省单上，有时睡在床上，这些问题仍萦绕在我们的脑海，让我们思索自己来到这世上的意义。

这就是我们一天的校园生活。在我们罕台新教育实验小学的校歌中就是这样写的："晨诵诗赋，午读典章。含英咀华，如品如尝。入暮思省，一天回望：是否勤奋，有无独创？"

我们喜欢这样的生活，它让我们感到我们的生命没有虚度。

我想用文字告诉孩子们：你怎样看世界，你就能看到一个怎样的世界。当你精彩的时候，这个世界就精彩；当你无奈的时候，这个世界也就无奈。

巧的是，那天晚上，当我准备给孩子们读我的范文的时候，正好看到干老师也写了这样一段文字：

罕台苦寒，能种植的花草不多。今春，在学校四周种下数百杨树，未来将成绿色屏障，守护一方宁静世界。在主道旁种下数百杏、桃、海棠和榆叶梅。今天花匠来种镶路边的景天，我让他们在杨树下撒遍紫花苜蓿,在花树下分片播种如下种子:大花波斯菊一公斤，黄及粉红月见草、桔梗、油菜、二月兰各一斤……

今天，在室内天井种下许多月桂、青竹、蜡梅、夜丁香、蔷薇、茉莉、金银花；又网购各种洋兰苗两千多元；决定购置爵士打击乐器，因为学生的吉他练得差不多了，五六年级时可以组建乐队了……学校，应该是一个充满惊奇的地方。

今日发现白蘑菇居然原生于内蒙古，我便决定建蘑菇房，三、四年级每个班级利用科学课制肥、育种、照料……昨日老师们在一处发现一丛沙冬青，商量着要把它移到校园里。今日哲学共读前，大家决定种马兰花，我又订了大花萱草，这些都是鄂尔多斯高原难得的能够野外自然生长的花草……

义工刘逍想养鸽子，我说等过了禽流感就养，慢慢繁殖一两百只，四楼外走廊建许多鸽笼，日晷和花架作饲养地。两三年后，东面及南面的林荫地养羊甚至骆驼。教学楼正面的池塘夏季养鱼、冬季做冰雕——没有惊奇的校园不配叫校园，但校园最大的惊奇应该是人和知识。如果罕台新教育实验小学未来不能是这样的学校，它就不必存在。

我知道，让曼曼的身心得以舒展的，不只是她自己在语文和数学学科上不懈努力后取得的小小成就，不只是教室里的老师们日复一日的付出，而是整个日益丰富的生活，甚至包括这些看似跟曼曼无关的惊奇。在大家亲眼见证了我们的学校从几乎四壁空空，到现在成为沙漠上的一片绿洲，这所有的一切，都在无意中向孩子们传递着教育或者生命的真谛：

生命，就是应该这样用来创造美好的！

写作上的一次突破

四年级下学期在我们的期盼中，姗姗而来。

这一个学期，我们的晨诵开启了一个重要的、奇妙的课程——"农历的天空下"。这是一个随着二十四节气而展开的、为期整整一年的古典诗词之旅。在寒假中我已经带孩子们提前学了与"除夕""春节"两个传统节日以及"立春"这个节气相关的诗歌，新学期开始后，我们继续"农历的天空下"的旅程。

我们在第一天学习了《春夜喜雨》，由"润物细无声"的春雨，想到了那些同样在"润物细无声"的好人们，并在自己的心底也埋下了做一个好人的愿望。在3月5日惊蛰那天，我们一起学习了诗歌《观田家》，诗中的农民们每天都忙忙碌碌，起早摸黑，但是他们却并不以此为苦，他们想到秋天时的收获，心里反而充满了喜悦，于是我们的心里也有了"饥劬不自苦，知识且为喜"的愿望。随着这些节气的变化，我们的梅花课程也开始了，于是，我们的内心又有了"做一个像梅花一样高洁的人"的隐秘愿望……

而第一周的语文课,我们穿越的,是一趟特殊的旅程,那就是共读《特别的女生萨哈拉》。故事中,这个原先不爱做作业、在老师和校长眼里也不爱学习的女孩,这个表面看上去像撒哈拉沙漠一样贫瘠的女孩,最后竟然成了"美好事物的中心"。这神奇的变化,不仅仅因为她有一个爱她、关心她的妈妈,也不仅仅因为来了一个神奇的老师——波迪小姐,而是因为我们知道,萨哈拉的心中一直有着想做作家的强烈愿望,并且一直在深深地热爱着阅读,热爱着写作,热爱着诗歌……

读着这些诗歌和故事,孩子们从来没有像现在这样,如此深切地感受到愿望的重要性。是的,他们越来越认识到:真正的愿望是有力量的。

而这些伟大的诗歌和故事,正渐渐融入曼曼的生命中。

力量来自真正的愿望
曼 曼

寒假里,陈老师给何德送了一首生日诗,题目是

"力量来自真正的愿望"。

这些天，我们读了很多诗，我发现诗里的花儿草儿都有自己的愿望。

陈老师还带我们一起读《特别的女生萨哈拉》。读了这本书，同学们都觉得我特别像书中的萨哈拉。他们还说，我们这里没有撒哈拉，但是有库布齐沙漠，这沙漠也够大的，说我可以改名叫"库布齐"了。

今天晚上，陈老师给我们看了马老师班上的小娜的故事，小娜整整写了三本日记，这让我们很吃惊。

说起故事，我就想起我和陈老师的故事，就想起一年级的我，很傻，字不会写，也不会读，而陈老师很聪明，下定了决心，她用自己的力量来教我，就像力量来自真正的愿望。老师也可以创造奇迹，就像陈老师把我教会了，也像夏洛用自己的力量救了威尔伯。

陈老师说到一定做到，不会放弃。我也一定要说到做到，像他们一样创造奇迹，向优秀的孩子看齐。我一定要学好。力量是自己创造出来的，用你全身的力量做出来。每一次做一件事的时候，只要你这样说："加油！你能行！用你的力量做好每一件事！"

我和蒲儿学习不好，只要我们两个合作，互相帮助，就可以成功。如果我们吵架，就完不成愿望了。

我觉得，我们就是小老师，像小娜一样在写一个奇迹，在写一本一本日记，就像丑小鸭一样，最后，它变成了一只美丽的天鹅。
　　这些故事让我们知道，力量是创造出来的。

　　读着这些文字，我感觉到曼曼的生命开始苏醒了！是的，曼曼已经开始自己教育自己了，还有比这更令人惊喜的事吗？
　　当罕台的春天终于来临时，曼曼心底的那个愿望也像春天一样蓬蓬勃勃地成长起来了！
　　记得那是一个星期天，在康巴什读高中的女儿回来了，我要带她去一趟东胜。曼曼和蒲儿还在学校。不过，进入四年级下学期后，即使留在学校里，两个女生已经能够自己安排自己的学习和生活，不需要我再像原来一样一直陪在她们身边了。于是那天下午，我跟她们交代好后，就带着女儿到东胜区了。
　　回到学校时，已经黄昏。我一进教室，看见曼曼和蒲儿正在各自看书。曼曼一见我，就高兴地把她的作文本交到我手里，对我说："陈老师，你看我今天写的作文。"蒲儿也忍不住说："陈老师，她今天的文章写得好长啊，我让她和我一起去打乒乓球她都不去，她说她要把文章写完。我觉得她都写得停不下来了。"

我接过曼曼递过来的作文本，一看，竟然写了整整四页多。

西瓜霜含片

曼　曼

上个学期星期二晚上，是我们的英语歌曲之旅。我们在教室里看书，作业没写完的还在写作业。优秀的孩子都在看书了。不一会儿，陈老师让我们转过来，忽然，梦之的西瓜霜掉了，那时，我还不知道那是什么。我真想吃啊，可是那是梦之的，吃了她的东西，我得还给梦之。

一会儿，陈老师就让我们去三楼唱英文歌，我就故意很磨蹭，等到最后一个。可是不管用，陈老师一直在门口等着，我就站在卫生柜的后面，不让陈老师发现我，很像我和陈老师在捉迷藏一样，我藏在大树后面，陈老师在公园里寻找我，那时，我和陈老师好像在公园里玩一样。

陈老师没有发现我。等他们走了后，我就悄悄地走出来，打开梦之的笔袋，偷偷地把西瓜霜放进我的桌柜里，然后我也去三楼唱英文歌了。

今天我们唱的歌是《为你骄傲》，我们都学得很高兴，我和陈老师学得很快乐。过了不久，我们就学会了这首歌，回到教室，陈老师夸我说："刚才英文歌学得很好！"然后，我们就写日记。正好，也下课了，我偷偷吃了一个，一吃进嘴里，发现有点苦。陈老师给我们讲过，偷来的东西是苦的，只有自己买回来的才是甜的。

我就那样吃着，苦苦地吃着。回到宿舍里，我悄悄地不说话，如果我说话，我的苦味就会传到其他女生的鼻子里，然后，她们会一个个地查着女生的嘴。如果查到了，她们就会给陈老师说，我在晚上吃东西，而且偷了梦之的西瓜霜，那陈老师就会批评我，不让我住在学校里，也不会再帮助我。渐渐地，我睡着了。

第三天，我们开始背诗，时间如流水一般，不一会儿，我们就要去吃饭了。吃完了饭，我们来到教室，又开始背诗歌，我加油地背，终于把今天的诗歌背会了。

那时，已经是上午了，我们又读《草房子》，我正在找这本书时，梦之低下头看我的桌柜，突然看见她的西瓜霜含片在我的桌柜里，然后，她打开笔袋，发现自己的西瓜霜不见了，梦之对我说："曼曼，我的西瓜霜为什么在你的桌柜里？"我吃惊地看着梦之，我的脸都红了，于是，我悄悄地不说话。

到了下午，我们回宿舍睡觉，男生都很高兴，因为下午有一节体育课。正当我要走的时候，我听见梦之说："陈老师，我的西瓜霜放在我的笔袋里，我看见曼曼的桌柜里有西瓜霜，我一看，曼曼已经把我的西瓜霜吃完了。"我听了后，就悄悄地溜走了。

到了下午，我们排队去操场玩接力棒，我听见陈老师又叫我回到教室，陈老师说："你拿了梦之的西瓜霜？"我点了点头。陈老师说："那你要给她买一盒西瓜霜。"我的泪水不由自主地流了下来，然后，我走向了风雨操场。

到了星期五，我爸爸来了。我们一起去药店买药。很悲哀的是，我爸爸的头碰伤了。

于是我们一起去药店买药。到了药店，我就给爸爸买药。那个叔叔给我爸爸拿了两个创可贴。忽然，我看见了西瓜霜，我说："叔叔，把西瓜霜拿一盒。"然后，我和爸爸一起回到了学校。

回到学校，我对陈老师说："陈老师，我买了西瓜霜。"陈老师满脸笑容地看着我说："曼曼，这样才是一个真正的人。"陈老师又说："我已经忘了，你怎么还记着呢?"我悄悄地把西瓜霜含片放进梦之的桌柜里。那时,我觉得,我身上的那块石头掉下去了。

说实话,这次曼曼的突破还是让我感到了震撼。最初带着她一起学的时候,无非是不想让她落得太远,至少能够跟得上我们班前行的队伍。但现在看来,曼曼所达到的高度,比我们所能想到的还要高。

那天,在曼曼的这篇文章后面,我再次借用《特别的女生萨哈拉》中波迪小姐的评语:"你是作家!"

干国祥看到曼曼的这篇文章后,是这样说的:

相信种子,相信岁月。两年前,曼曼学一个"桥"字,整整一个星期发不出这个音(因为原来的生活中没有"桥"这个词汇),今天能够写千字文。这就是教育的神奇魅力。

是啊,岁月就是如此神奇,它能让一粒种子慢慢发芽,长叶,开花,结果;教育就是如此神奇,它能让一个孩子慢慢地成长,成长到让我们惊奇的模样。

行走在农历的天空下

"农历的天空下"这个课程开始的时候,曼曼正好就在我的家里。因此,在完成这个作业的时候,我把诗歌重新给她讲了一遍,又说了作业的要求和格式。曼曼做了好长时间,终于将作业交了上来。对于完成语文作业,这样的现象是比较少见的。

我一看,页面的中间工工整整地抄写了《二十四节气歌》,旁边画了一棵树、一盆花、两朵飘着的云、半个五彩的太阳,还有一个微笑着抬头看着太阳的女孩。诗和画的下面是她写的对诗歌的解释和自己的感悟:

这个意思是说:春雨惊春清谷天,它说,"天气返习,(作者注:曼曼想表达的应该是"季节轮回"。)一个树枯了,明年还会有春天。春夏秋冬,都会轮到,秋天过去了,明年还会轮到它。

我觉的,在返习。如果地不这样的话,那只有冬天,没有春天、夏天、秋天。那人不是冷死了吗。

　　这是她的原文,看得出来,她非常努力想把这件事情做好。但这个时候,在诗歌意思的理解上,她还只能抓住一两句。而语言的规范和标点的使用,在她写的记叙文中,已经基本不是问题了,但到了这里又重新出现了各种情况:比如有错字("觉的"应为"觉得"),比如双引号只出现了前引号,比如最后应该用问号的地方用了句号——就像当初她读《外婆谣》时一样,面对完全不同于以往的语言,她的理解又开始出现了一定的困难。而当她的理解出现困难的时候,她的注意力就无法关注到其他的问题了。

　　立春那天,我们学习了《人日立春》:

春度春归无限春,今朝方始觉成人。
从今克己应犹及,颜与梅花俱自新。

　　这一首诗,她抄写得仍然很工整,配画也很用心:她画了一棵树,树上开了一朵大大的花。地上有绿草,两个女孩正在草地上快乐地玩耍。天上的云朵是彩色的,还有一个红艳艳的太阳。

诗歌的意思，她是这样写的：

人日在古代是一个节日，克，这个字很奇怪，克，这个意思是战胜的意思，春度春归无限春，这话的意思是春天还会回来的。
我的感受，人日立春，是一个很快乐的意思。

而正月十五元宵节的一首《青玉案·元夕》，显然更是远远地超出了她的理解和接受能力。除了诗歌，没有任何配图了，对诗歌的理解和感受，也只剩下对几个词语的解释：

元夕的意思是，阴历正月十五日为元宵节。
花千树的意思是，花灯之多如树花开。
玉壶的意思是，指天上的月亮。

这些作业，基本上只用了半页，后面的半页，空空的，没有一个字，也没有配任何图。
我知道，古典诗词对曼曼来说，就像我们一开始面对英语的学习一样困难重重，因此，我得让她有一个适应的过程。

其实，不只是曼曼，大多数学生在这个课程中的苏醒，也差不多是从惊蛰开始的。虽然惊蛰那天，罕台没有春雷，但"惊蛰"两个字本身似乎就具有强大的震撼力，再加上每天一首诗歌的熏陶，大家对物候、对诗歌都越来越敏感了。

而我，每天精心准备着每一首诗歌，希望让它们真正走进孩子的心里。比如学习谢燮的《早梅》："迎春故早发，独自不疑寒。畏落众花后，无人别意看。"我先让孩子们理解诗歌的意思：梅花不畏惧寒冷，不畏惧孤独，而是担心自己开得迟了，落在百花之后开放，人们因此便把自己看成是和普通的花一样，而不是独一无二的自己了。然后，再结合诗人和我们自己的生活来更好地理解这首诗：我们知道，梅花当然不可能这样想，其实我们透过这首诗，看到的是一个不甘落后的诗人。亲爱的孩子们，希望你们也像这株早开的梅花，或者说也像这个诗人一样，能够不甘落于人后，能够奋发向上——"畏落众生后，无人别意看"啊！

就这样，一天又一天，我们不只是在读诗，我们也在读自己。而曼曼，开始走进诗歌中，她的理解和感受能抓住诗歌的要点了，虽然语言有时仍会颠来倒去的。

梅花课程结束后，我们就迎来了"万紫千红总是春"的百花课程。

遗憾的是，当迎春花、兰花、桃花、杏花、梨花、海棠花、油菜花等春天的花儿在诗词中次第开放时，罕台还在供暖期，室外还是一片枯黄。

对罕台的孩子来说，我们学到的这些花都是非常陌生的。为了让他们看看那些花的真实模样，我有时会从网上搜一些照片，有时就直接找我家乡春天的图片。

记得有一次，应该是讲完《油菜花》这首诗吧，一个孩子情不自禁地来到我的身边，跟我说："陈老师，等我长大了，一定要到你的家乡去看看。"

其他孩子也围了过来，使劲地应和："是啊是啊，陈老师，你的家乡太美了！"

等到他们离开后，曼曼来到我的面前，笑着跟我说："陈老师，我长大后也想到你家乡去看看。"

我笑了，说："好啊！如果你能来，我会非常高兴的。"

虽然罕台的春天迟迟不来，但我们的教室里，早已是鲜花盛开，春意盎然了。

教室里，新播下的小种子，颤巍巍地长出了小小的羞涩的嫩叶。长寿花从容不迫地开放了，从三个星期前开始展开第一朵花瓣，到现在还在继续开放。三角梅，在一次次地变换它的颜色之后，如今开得简直一片辉煌。天竺葵，虽然剪去了不少枝条，仍然在这个春天怒放着，红艳艳的，像太阳一样灿烂。韭菜兰，也亭亭地绽放了，淡雅的花朵在蓝天的映衬下别有一番风韵。"草木有本心，何求美人折"，这些花草啊，不管我们是否欣赏它们，它们总是努力地开出自己的花朵，让我们欣赏美的同时，也感动于它们的这一份执着。

诗里的春天已经来了，教室里的春天也已经来了，罕台的春天应该也不会远了吧？走出教室，明显地感觉到阳光一天比一天明亮起来了，风一天比一天温柔了，大地一天比一天绿了。

3月20日，就是"农历的天空下"的第三个节气——春分。那天，我们学了一首特别能表现春分这个节气的诗歌《七绝》（佚名）：

春分雨脚落声微，柳岸斜风带客归。
时令北方偏向晚，可知早有绿腰肥。

学习诗歌的时候，我尽量用诗意的语言来描述诗歌中的意境：沉睡了一冬的大地啊，就这样被柔柔的春雨唤醒了,被暖暖的春风吹醒了,被可爱的燕子叫醒了,被这美妙的诗句撞醒了。而当我们用动听的声音吟诵起这首诗的时候,这个春天和这首诗歌,就被我们吻醒了。于是,这缠缠绵绵的春雨啊,这袅袅依依的杨柳啊,这轻轻柔柔的微风啊,就飘落到了春分这个日子里,飘落到了诗句里,也飘落到了每一个多情人的心里。

第二天,我们又学习了春分的另一首诗——欧阳修的《阮郎归·南园春半踏青时》:

南园春半踏青时,风和闻马嘶。
青梅如豆柳如眉,日长蝴蝶飞。
花露重,草烟低,人家帘幕垂。
秋千慵困解罗衣,画堂双燕归。

那天,曼曼的文字突然就清晰起来,尽管还不能围绕着诗歌来说,但文字里竟然也有了些许诗意:

春分时节,我们校园里,有杏树三排,长长的一段,好像在排队似的。我觉得这首诗在写一个人。今天早上,陈老师问我们:"你们觉得这首诗写的是一个女孩子,还是一个男孩子?"我们觉得是写男孩子,因为题目是

"阮郎归",只有一个同学觉得是在写女孩子。陈老师也说是在写女孩子,我们都觉得很奇怪。陈老师就看着诗句给我们讲为什么,还给我们看古代女子的图片、春天的图片。看着看着,好像我们都能闻到那种香的味道了,要是学校里的杏树开花了,成千上万的蜜蜂都嗡嗡地叫着,我想,那就是春天,那时我们的校园就是花的世界。

今天早上我起来的时候,太阳已经出来了,以前我们起来的时候,太阳还没有出来。现在太阳早早地出来了,晚上也越来越短,白天越来越长。可是,我们这里小草也没有,一片枯黄,只有杏树。杏树就在操场的外边,花开以后,会有成千上万的蜜蜂飞到那里。

而这次的配图,曼曼也显得异常用心。整个画面看上去鸟语花香,在页面左边的垂柳下,还站着一个古代的女子,典雅大方,给人以美的享受。

当然,曼曼并不能始终保持在这么美好的状态中。更多的时候,我讲着讲着,就发现她虽然眼睛还看着我,但显然没有跟上节奏。尽管这些诗歌,我提前带她读过,并给她讲过,但她理解仍然有困难。

我知道,在给全班讲课的时候,我会关注到她,但也不能只给她一个人讲。好在她总是非常努力，即使听得比较艰难，也没有过要放弃的举动。

从开学到4月20日，按着农历的节气，我们已经走完了春天的旅程，立春、雨水、惊蛰、春分、清明、谷雨，这一个个名字不再是一个个陌生的遥远的汉字，而成了一个个由气候、诗歌、文化组成的活生生的日子，被我们抚摸过、吟诵过、赞叹过，且属于我们的日子。

这个春天，在这些节气的中间，我们还一一穿游在百花之间。孤傲高洁的梅花，寂寞高贵的兰花，灿烂美好的桃花，美丽而短暂的杏花，还有那含着淡淡哀愁的丁香和思乡的杜鹃，带着它们独特的色泽，带着它们独特的芬芳和独特的个性，来到了我们中间，走进了我们的心里。

读着这些诗，欣赏着这些花，孩子们的心也渐渐地敏感起来、柔软起来、诗意起来。第一棵泛绿的小草，第一朵含苞的小花，第一只钻出泥土的虫子，第一声春雷、第一道闪电和那万紫千红的百花……都被孩子们关注着，等候着，凝视着，欣喜着。

当夏天来临的时候，我们进入了"杨柳与送别课程"。我们最先学的是《诗经·小雅·采薇》。

> 昔我往矣，杨柳依依。
> 今我来思，雨雪霏霏。
> 行道迟迟，载渴载饥。
> 我心伤悲，莫知我哀！

那天，我发现曼曼用精致的边框把这首诗框了起来，画面也显然经过了精心的设计：下面一片绿草地上长着一棵茁壮的柳树。而在页面的最上方，几株柳条倒挂下来，透着青葱的气息。整个页面看上去非常舒服。

再读她的文字，发现虽然出现了一些错别字，有些地方还有涂改，但基本能较好地把握住诗歌的意思和主旨了。

理解：有一天，我要去打仗了，我和我的妻子要告别了，也许我们不会再见面了。我们分别时，是在杨柳的下面。后来在一天下午，在战场上，我想起我的妻子，那么，就来思念吧。当我回到那里，一片雪白，雪花纷纷地下来了，给大地穿上了一件白大衣，回家的路很远很远。在路上，我走不了啊，回家的路好远。这时，我肚子也饿了，我又饿又渴，这里也没有水喝。我很悲伤，如果我回去了，我早已老了，我的妻子还会认识我吗？我的妻子还在家里吗？还是她死了？她会跟我一样老吗？这让我非常悲伤，非常悲哀。

感受：我觉得，《诗经·小雅·采薇》有一种悲伤，也写出了诗人在回家路上饥饿的感觉，让诗人悲哀的是他变成了一个老头儿。

就这样，我们一天天地行走在农历的天空下。从秋天开始，我们又穿越了秋冬两个季节十二个节气，以及七夕、仲秋、重阳三个传统节日，还有一个重要的主题诗单元——苏轼诗词之旅。

当大寒降临的时候，我们的课程也走到了尾声。

那天，学完了柳宗元的《江雪》后，我在屏幕上打出了"再见，农历的天空下"几个字。就在刹那间，我感觉教室里的空气似乎凝固了，孩子们陷入了感伤中，一会儿，我发现孩子们的眼眶竟然湿润了。

于是，我让孩子们以"再见，农历的天空下"为题，写下自己的感受。

一个孩子这样说："农历的天空下，你是四季之旅，你是历史之旅，你是伟人之旅，你也是回忆之旅……我们就要与你告别了，你不要悲伤，我们也不会悲伤，因为这一路上，你让我们收获了许多。"

一个孩子这样写道:"以前,我没有一点诗歌的灵感。我感觉自己仿佛就像一个文盲,活在这黯淡无光的没有文化的世界里。而当我们开始了这一次诗歌之旅后,当我们每天都朗诵着这一首首美好的诗歌后,我渐渐地张开了迷茫的双眼,走在了一条充满智慧的大路上。"

对古典诗词最有感觉的梦之,是这样写的:

走过了整整一年,我们结束了"农历的天空下"这个课程。在这个过程中,我们感受过了一朵花的清香,一颗种子的萌芽,一轮月的皎洁,一阵秋风的凄凉……我们更感受到了不同诗人不同的品格:陶渊明的隐逸,苏轼的豪放,还有杜甫忧国忧民的儒家情怀……

回首,仿佛一切都只是一个梦,一个美妙的梦,一个奇幻的梦。我沉醉在这个梦里,不能自拔。我不想醒来。可是,它曾经呼唤过我们,现在又在提醒着我们:这个课程已经过去了,再也不会回来了。

时光的流逝啊,如一束光,瞬间消失了;如一片绿叶,被秋风吹落了;如一本厚厚的书,很快就被看完了。而我们,在这时间的流逝里,禁不住地叹息着。

回忆起那一个个走过的日子,仿佛是刚刚发生的故事。

曼曼,也写下了她最真切的感受:

今天,我们学完了"农历的天空下"。就要与它告别了,我伤心极了。因为我觉得我们不只是学完了一个课程,一年的时光,也随着这一个课程不声不响地走了。

在学这个课程的时候,我们有时是多么快乐,有时又是多么忧伤。因为每一首诗都有不同的风格。每次学习的时候,我们是那么认真,不想让一个字溜过去。我也每天都学得非常认真。学了一年的"农历的天空下",我们都有了不同的喜怒哀乐。

我多么舍不得与她告别呀!可是,这一切都已经无可挽回地过去了。

从今天起,我们要珍惜每一分、每一秒,不要再浪费我们的生命,不要再浪费我们的时间。

时间是不会等你,就像我生活中遇到的一样。一篇课文背不出来了,你让时间停下来等你,时间会等你吗?你让大家停下来等你,大家会等你吗?我想不是这样的,地球是在旋转的,它不会停下来等你。

再见了,"农历的天空下",我的心会永远和你在一起的。

艰难的旅程

曼曼已经进入五年级,生命状态在一点一点地变好,然而这条道路一点也不平坦。曾经在学习上的无助感已经扎根进她的心里,稍有触动,便又需要老师和她一起努力,再重复一遍从无助到挣扎到破茧成蝶的过程。

比如说,在五年级上学期结束后的那个寒假,曼曼开始正式学习拼音的时候。

刚到罕台的时候,我们就认为:拼音并不像人们说的那样重要,它只不过是学习汉字的一种工具。因此,曼曼上二年级的时候,是不会任何拼音的(其他大多数孩子学得也并不是很好)。在后来的学习中,当我们学到拼音的时候,我会带着他们读一读、拼一拼,但从来没有花时间专门教他们。对于曼曼遇到试卷中的看拼音写词语的题目,有时,我给她读出来,让她写词语;有时,让她打开书看着书中的拼音,自己找词语;有时,我干脆就让她直接跳过不写——在时间和精力有限的情况下,我确实不想让她把时间浪费在这个工具上。

曼曼的语文学习，是从故事开始的。在一个又一个故事中，她习得了汉字的真正意义。但在她即将面临小学毕业的时候，为了让她不惧怕考试，我还是决定帮她补一下拼音。因为正常情况下，听力部分之后，试卷的第一道题就是"看拼音写词语"，而这一题往往有10分。

2014年1月26日，从今天开始我要带着曼曼开始学拼音了，顺便带周小伟和李蒲儿一起学习。我帮他们打印了拼音字母表，把所有的声母、韵母、整体认读音节全都打印在了一张小小的纸条上。

我先带他们复习声母。先从整体开始，像唱儿歌一样把声母从头到尾读一遍，读熟练后，再认单个字母。会读了以后，就让他们看着抄一抄，并试着默一默。

三个人中，蒲儿的拼音学得最好，周小伟其次，曼曼最弱。

一开始学拼音，曼曼就进入"习得性无助"的状态，声音小得像蚊子。而且，有时她会把拼音和英语混淆在一起。

由于小伟和蒲儿两个人学得较快，而曼曼前面是零基础，因此我还得再抽时间，单独带曼曼学。

其实光认得这些声母、韵母还不是难事，我们每天学半个小时，应该是只用了一个星期吧，曼曼就把字母都认得差不多了。这时，蒲儿的拼音已经基本过关了。周小伟前一阵在语文学习上一直不如曼曼，这阵学拼音，倒是找到感觉了，学得挺自信。

但接下来，困难来了，带上四个声调，还要让不同的声母去和不同的韵母搭配起来读，这一下，曼曼就搞不清楚了。

记得有一天，曼曼学拼音有些心不在焉，我就让周小伟带曼曼学。这时，他们看到的拼音，就是五年级上学期第一单元中的看拼音写词语。我让周小伟先读一行，再让曼曼跟读一行，我在旁边听着。这样一来，曼曼打起精神来了。顺利地学了三行，周小伟读完，曼曼也能读出来了。但到了第四行，不知道是怎么回事，曼曼读得非常糟糕，几乎每个都要我重新提醒。

我说："曼曼，你这样可不行，刚才已经学得跟周小伟差不多好了，现在是怎么回事？这一行不过关，待会儿重读！"然后我把那一行画出来。周小伟越读越高兴，曼曼却越来越难过，过了一会儿，她竟然流泪了。我不再管她，让周小伟读完了第一单元的拼音后去抄写这些拼音和词语。

然后，我严肃地告诉她：如果想要自己聪明起来，就不要再被情绪控制，要像周小伟一样去好好学习。过了一会儿，我看到曼曼擦干了眼泪，找到李蒲儿，让她带着读。等到读完后，我又告诉她："这个时候的曼曼，又漂亮又聪明；刚才的曼曼，又傻又丑。希望下回不要再让我看到那样的曼曼！"她懂事地点了点头。

新学期开始后，只要遇到看拼音写词语这样的作业，曼曼总是非常努力地完成。当她想不出怎么拼的时候，就会拿出我打印给她的小纸条，按顺序从头到尾读下来，直到找到那个拼音为止。

那个时间，她就像一只蜗牛，一步一步爬得缓慢而又顽强。

那张小纸条，被她翻破了，她就用透明胶带补上，到后来，小纸条贴满了透明胶带。

不过，她用到的时候也越来越少了。一个学期过去的时候，曼曼掌握拼音的程度到了八九分，这时，她才丢掉了那张已经像古董一样的小纸条。

从二年级下学期开始，每学期期末我们都会有一场隆重的期末庆典。

五年级上学期结束的时候，我们班的期末庆典效果特别好。这次颁奖我用了歌曲，每人一首歌曲。那么多的歌曲啊：《阳光总在风雨后》《男儿当自强》《敢问路在何方》《相信自己》《感恩的心》《飞得更高》《怒放的生命》《蓝莲花》《我是一只小小鸟》《我的未来不是梦》《水手》《明天会更好》《幽兰操》《逆战》……这么多年来，跟着我们的晨诵课程，在我们的共同生活中，我们唱会了无数的歌曲。每一首歌曲响起，孩子们就会情不自禁地唱起来。在孩子们的歌声中，颁发奖状，拍照留念，时间一晃就过去了。

刘逍老师给全校十个班级录像、拍照。这次活动结束后，他说给我们班期末庆典拍照的时候最愉悦，感觉时间也过得最快。

肖丽娟老师在微博中这样写道："在愿望花教室里，领会宁静、深邃、热烈；领会种子、岁月、绽放……"

梦想，梦想！

赵红云老师说："愿望花教室的庆典才像真正的庆典啊！"

干老师说："愿望花教室的庆典很好地呈现了学生成长的过程，这是庆典的本质！"

后来，干老师上传了我们期末庆典及童话剧的照片，并附上了这样的寄语：

在许多方面，是愿望花教室在带着罕台新教育往前走——你们是最高年级，最年长的学生，于是，"率先"就一直是你们的"天命"，你们用自己的一切证明了不辱此天命。

而五年级上学期，对曼曼来说，也是突飞猛进的一个学期。

这学期的期末考试，曼曼语文考了60分，英语考了61分，数学考了48分。和其他同学相比，她远远地落后，但就她自己而言，这已经是一个奇迹了。

这次颁奖时，我送给曼曼的歌曲是张韶涵的《隐形的翅膀》：

不去想她们拥有美丽的太阳

我看见每天的夕阳也会有变化

我知道我拥有一双隐形的翅膀

带我飞，飞过绝望

…………

我终于看到所有梦想都开花

追逐的年轻歌声多嘹亮

我终于翱翔用心凝望不害怕

哪里会有风就飞多远吧

期末庆典的前一天，我对她说："曼曼，这歌声响起的时候，你也跟着唱出来吧。"

她笑着说："我不敢。"

但那天在台上，我发现曼曼还是跟着唱了，虽然声音很轻很小，但我分明看到她的嘴跟着歌曲在动，而她的眼睛，已经红了……

五年级下学期开学的第一天，我让同学们写一写自己心中的梦想，曼曼是这样写的：

大家都知道，我的梦想是当一名像陈老师这样的老师。

我正在努力着。陈老师教我读语文的时候，我就打起精神来，快乐地跟着陈老师读。陈老师对我很好，时间也过得很快，我越来越喜欢语文了，我感觉自己越来越聪明了。我知道，如果我聪明了，就不会给陈老师添麻烦，就不用再补课，就可以让陈老师早点休息。

可是昨天，我很生自己的气，因为有一篇语文和一篇英语必须背出，可我一课也没背出。当我背不出的时候，我就对自己说："曼曼，快点背！"忽然我想起了我的梦想，我的全身又充满了力量。

为了我的梦想，我一定要加油，不但要学好语文，也一定要学好数学和英语。

总有一天，我要给陈老师一个奇迹！

一个人有了梦想后，她所有的一切就变得不一样了。数学张老师在给家长的反馈中这样写道：

新学期，新气象，有这样一些孩子在新学期第一次单元测验中为自己树立了新起点：曼曼在陈老师的帮助下，利用假期提前学习了新知识，开学后课上认真听讲，课后认真完成作业，拿到了来之不易的七十多分。

英语乔老师这样说：

曼曼虽然基础相对薄弱一些，但始终勤奋地追赶着，她不甘落后，力争和其他同学一样严格要求自己，每天的课文努力背出，单词听写的准确率也在不断提高，有这样的一份执着，她的英语学习定会迎来开花的那一刻。

又一周过去后，数学张老师再次表扬了曼曼：

本周成长最快、令人印象最为深刻的要数曼曼。除法一直是她学习的一大障碍，但本学期，曼曼对数学越来越有兴趣。俗话说"兴趣是最好的老师"，本周的小数除法开始有了突破的迹象，只要这孩子继续努力，数学一定会有更大的进步。

国庆那个假期，曼曼又早早地提出来，要留在学校里。这次，蒲儿回家了，她一个人认真地读书、写作业。七天过去了，她不仅认真完成了所有的作业，还提前学习了下个星期的语文、数学和英语，而且，她读完了31万字的《永远讲不完的故事》，写出一千多字的读后感，尽管讲得不是特别清楚，但她写得很快乐，也很认真。

这一个学期，曼曼就这样认真地学着，努力地跟着。虽然走得很慢，而且远远落在别人后面，但她再也不会放弃了。

而到了暑假，对她来说，学习简直成了最快乐的事：

补课的日子（上）

放暑假了，我们补课的同学就又开始留在学校里。补课很好玩，我们有时写作业，有时玩耍。所以我们每天都快乐地学习着。

每天早上起来，吃完了早饭后，就开始阅读。我每天早上都津津有味地读着，仿佛我就是书中的主要人物。让我读得很有意思的是《魔法手指》，读得我哈哈大笑。这本书以前我读过，但现在读来仍然觉得好笑。读完后陈老师来考我，我讲给她听，讲到有趣的地方，陈老师也会笑起来。

阅读结束后，我们就可以打乒乓球。我常常和蒲儿一起打，有时我会把蒲儿打败。不过，和陈老师比起来，我还只是一个小不点儿，跟她差得很远。

每次在三楼打完乒乓球下来,张老师就已经在等我学数学了。我学的是加减乘除这些一二年级的东西,对苏亮来说,这些是小菜一碟了。但我每天都要认真地学习,看到难题不能把背弯下去。而当蒲儿开始弹吉他的时候,我就心急了,结果就会把题写错。我有一个老毛病,就是总是把数字抄错,草稿纸上算对的题,抄到本子上就错了。比如有一次,本来是203,我就抄成了204。只要不细心,就会出现这样的问题。

接下来就是我最快乐的时光,因为我可以读《新月集》了。读诗歌可以提高我的朗读能力。在读的时候,我会放开我的嗓门,高声地读,因为我读不好就又要重读,与其这样麻烦,不如一次就读好过关。所以我要加油。遇到陈老师单独叫我读,我还是读得有些疙里疙瘩,不过,现在我不用手指着读了,而是用眼睛一个一个地往下看。

读完后,我们就去吃中饭。

饭后,我们就看《射雕英雄传》。这时我的眼睛像星星一样亮,看完,还恋恋不舍,还想看。昨天电脑出问题了,我们没看成,就去做实验,刘老师给我们画图,让我们看着做,不会的刘老师教我们。刘老师叫我们女生为"女娃娃",刘老师一步一步地教我们，我们一个一个地做下去，做错了刘老师再讲一遍。我觉得很好玩，很快就做完了一个，刘老师又让做一个，还加了一个电阻。我说在后面加吧，刘老师说对的。但后来，我还是错了一点，不过，这一天，我觉得科学很好玩。其实是我觉得补课很好玩。

如果我在家里也能这样快乐地学、开心地写，那多好啊！

补课的日子（下）

中午看完了电影，我们就忙碌地拿英语书，去092班补课。这次补的是三年级上册的英语。吴敏老师带我们一起学。第一天，我觉得自己学得很好，很开心，单词我想办法记着，就在补英语的那段时间，我把英语单词记得滚瓜烂熟了。我让吴老师考，吴老师说一个汉语，我不用想就能说出英语来。第一单元的单词，吴老师提问我，我都回答出来了，没有一个错。

第二次我觉得还是很好。这两天我都快乐地领读了单词，读得很好，课文也读得很好，吴老师表扬了我。可是今天，听三年级下册的单词，我听出来的很少，蒲儿比我好，我要加油了，不能被她追上。

英语学完了就是数学。这次数学，上午学一小时，下午学一小时。我有时会学得掉眼泪，不过，那是一开始，现在我学数学再也不会哭了，我变得勇敢起来，把数学打败了，而且学得非常快了。比如今天，我一开始复习了上午学的内容，张老师让我做16道口算，给我五分钟时间。我很吃惊，但是我要挑战，结果，我四分钟就做完了。还有一分钟，老师让我检查，结果16道题，错了10道，对了6道，这让我大吃一惊。然后老师让我复习一下，又让我做16道口算题，这回进步了，对了10道，错了6道，我写得还是很快，也很开心。张老师看了也很开心。就这样这一关我就过了。

接下来，我们开始弹吉他。每次开始弹的时候，我都要弹《蓝莲花》，因为我下定决心要把《蓝莲花》弹下来。

吃完晚饭，我们开始踢足球。这是我们最开心的时候。这本来是男孩儿玩的游戏，但现在我也加入了。我一会儿帮这组，一会儿帮那组，自己也不知道自己该帮哪组。昨天我没出力，只是乱踢了几下。今天我加入了小浩他们组，把"敌人"打败了。我每次都不乱跑，就站在最后等，等到他们踢高球的时候，我也便去踢。有一次，一个高球来了，我一踢，想把球传给小浩，结果踢歪了。还有一次，球向我飞来，我一踢，不但没进，反而踢出界外去了。好可惜啊！

快快乐乐地踢了近一个小时的球，我们就回到了教室。回来之后，我们便又开始看书了。我每天都读得很快乐（除了昨天），有时，陈老师站在我旁边我也不知道，像睡在床上做梦一样。晚上有时我们也写作，我觉得自己写得很好，像在编故事。

现在，我每天就这样快快乐乐地学着。但我知道，我跟其他同学还是有很大的差距。如果我从这所小学出去，就再也找不到像这样一所好学校，没有这样耐心的老师，也没有陈老师和张老师这样沉得住气来教我的老师。如果进入一所新的学校，我还这样差，他们会怎样待我？

所以，我要自强、自立，走出小学之前就要有本事。

六年级上学期，国庆放假的时候，我对曼曼说："曼曼，下次小桥音乐会，你独唱《隐形的翅膀》吧。"

曼曼说："我不敢。"

我说："别怕，我带你一起练，练得熟练了，你就不怕了。"

她笑了笑说："真的吗？"

我也笑着点了点头。

从那以后，只要有空，我就带着她一起唱。最初的时候，她的声音不敢放出来，我不催她，只让她跟着音乐，跟着我一起练；后来，她的声音放出来了，但只要我的歌声一停下，她也就没有声音了。我一遍遍地鼓励她，终于她可以一个人独自小声唱了。

假期过后，学生们都回来了，我的时间紧张起来，于是训练她的时间只好放在了每天晚自习结束后。

一开始，她很不好意思，每次都要等到值日生们做完卫生，所有的人都走了，只留下我和她的时候，她才敢唱。慢慢地，

曼曼创造了奇迹！

有值日生在扫地的时候，她也敢唱了。但唱着唱着，不知道会在哪一句就唱错了词。

记得在小桥音乐会快要开始的前一天晚上，值日生们在做值日，她在做最后的练习。正在这时候，干老师悄悄地从后门走了进来，她一看见干老师，立即就唱错了词，然后就唱不下去了。我说，曼曼，唱歌的时候，不要在意别人，只唱你自己的。她"嗯"了一声，但再练的时候，仍然有一处忘词了。时间已经不早了，我鼓励了她几句，就让她回宿舍去了。

第二天，我们要按正常的时间上课，而我，也比平日更忙碌，因为那次的小桥音乐会，主持正好轮到我们班。其实主持人的训练本都可以交给艺体组，但一直以来，我都希望自己班的学生能够抓住每一次难得的机会，因此，每次轮到我们班主持的时候，从串联词的把关到节目的编排再到主持人的训练，都会由我亲自完成。重要的是，我把它当成是对全班学生的一次锻炼。因此，我根本无暇再照顾曼曼，只在有空的时间提醒她一下，让她好好练习。

那天晚饭的时候，我问她准备得怎么样了，她说不知道。我说，没事儿，大胆地唱就是了。但说实话，那时，我有些犹豫了，真的要让她上台吗？前面练习的时候，无数次带着她一起唱，我都得满怀热情，只要我稍不投入，她唱得就会打折扣。但即使这样，她还是常常会唱错词。现在要让她独自一人站上舞台，她真的准备好了吗？当时，我心里已经准备承受最坏的结果了。

晚上，小桥音乐会如期开始了！那天，我一直在舞台后面。

这次，我安排了梦之去报曼曼的节目。在前一个节目结束后，梦之走上了舞台，用沉静的声音说：

亲爱的同学们，你们想过生命到底是什么吗？一天又一天，我们活在这个世界上，到底是为了什么？现在，就让我们来听一个小女孩的故事，一个平凡的故事，一个神奇的故事。请你们静静地听，静静地看，看一个奇迹是如何发生的……

此时，曼曼的一只手中已经握好了话筒，我站在她的一边，握住她的另一只手——缓缓地、紧紧地握着，又微笑着看了看她，向她点点头，然后，我就走到台下去了。

轻音乐响起，曼曼站在幕后，朗诵着我们学过的泰戈尔的《吉檀迦利》第二则：

当你命令我歌唱的时候，我的心似乎要因着骄傲而炸裂，我仰望着你的脸，眼泪涌上我的眶里。

我生命中一切的凝涩与矛盾融化成一片甜柔的谐音——我的赞颂像一只欢乐的鸟，振翼飞越海洋。

我知道你欢喜我的歌唱。我知道只因为我是个歌者，才能走到你的面前。

起初，她的声音微微有些发颤，慢慢地，越来越坚定，越来越明亮。

朗诵结束，在张韶涵的《隐形的翅膀》的前奏中，曼曼静静地走上了舞台。她看了看站在舞台一侧的我，似乎对着我笑了笑，然后把眼光投向了观众。

曼曼那么安静地站在那个大大的舞台上，然后，她开始唱了！

这是没有原唱的伴奏带。她的声音不大，但清纯而质朴，就那样直击人的内心。

屏幕上，一页页地闪过她从二年级开始进入我们学校的一个个学习和生活的画面：

先是曼曼在二年级刚入学时的模样——

曼曼在读书，曼曼在做数学题，曼曼在操场上踏步走，曼曼在课堂上听讲，曼曼在数学课上发言；

然后是那么多帮助曼曼的老师们的照片——

干老师在教曼曼学数学，刘逍老师带曼曼读课文，李鑫义老师听课时带曼曼读课文，花儿老师给曼曼讲故事，小薇老师和张老师在教曼曼学数学，弓琳老师在教曼曼做题目……

接着是曼曼渐渐长大的样子：

晨诵时，曼曼的眼睛无比明亮；曼曼和同桌琪在一起吹竖笛；同学们在帮助曼曼学习；曼曼在学校乒乓球比赛中，获得女子单打第四名；曼曼在以往的小桥音乐会上和别的小伙伴一起合唱《荷塘月色》……

最后，是曼曼的心声——

我渴望着飞翔！

第一段唱完的时候，台下响起了热烈的掌声。

歌声再次响起，还是那清纯而质朴的声音，只是这次在这声音中，已经多了一份欢喜。

就这样，曼曼忘我地唱着，唱着——

隐形的翅膀
让梦恒久比天长
留一个愿望让自己想象

歌声停下的那一刻,台下再次响起了热烈的长久的掌声!

而我,竟忍不住眼眶湿润了……

那天,回到教室,看到教师群里老师们的留言:

干老师说:"今晚整个只有两个字:完美!"

然后,他把曼曼唱歌的视频放到了网上,一直关注着曼曼故事的老师们纷纷留言。

李武铭老师说,基本确定,罕台给了她第二次生命。

海波老师说,当我也能拯救一只知更鸟的时候,我才敢站在你的面前。

侯长缨老师说,刚听完罕台小桥音乐会上曼曼唱的《隐形的翅膀》,我的眼泪不住地流。我熟悉她的成长故事,我熟悉陈老师等很多老师的努力,我从她的歌声里听到了故事。艺术地生活着,才能创造生活的艺术。所有的奇迹总要有人来实现。

马玲老师说,是啊,今晚真是星光闪闪啊!不过,最激动的还是陈美丽，我太理解她这种心情了。为我们罕台的曼曼们、蒲儿们、小浩小伟们送花！

那一天，是 2014 年 10 月 20 日，距 2010 年曼曼来到我们愿望花教室，过去了 4 年。

那个夜晚，我感动得流泪，也激动得欢笑。但这只是小桥结束那一刻的瞬间感受。晚上躺下时，我清楚地知道：我们要走的路还很远，很长……

2014 年 12 月 23 日，是罕台新教育实验小学的第四个立校纪念日。那一次的主持，学校交给了我们班。当我把这个消息告知全班的时候，很多同学都摩拳擦掌、跃跃欲试。梦之、蒲儿、姚兰、许修杰、边阳等，都纷纷报了名。

我在训练这些学生的时候，发现曼曼一直在旁边徘徊。当时，我也没在意，因为我觉得，这些主持词对曼曼来说，还是太难了。一个晚上，曼曼找到了我，说她也想当立校纪念日的主持人。我犹豫了一下，还是给她打印了一份主持词，将"日课呈现"这部分交给了她。

这个故事，在学生李娜的笔下，是这样的：

有一个女孩，心里有一个美好的愿望："我要当主持人！我一定要得到这次机会！"可是，在一群实力强大的对手面前，她无疑就像一只丑小鸭，并不引人注意。因此，在最初的候选人名单上并没有她的名字。但她仍渴望得到这次机会。她找到陈老师，陈老师投给她赞许的目光，并鼓励她说："那你一定要好好准备啊！"

为了拿下这个看上去不可能得到的机会，她每次都早早地完成学习任务，一遍又一遍地默背着主持词。竞选的日子如期而来，她满心期待，又忐忑不安。

经过几轮激烈的比拼，她最终赢得了机会。

她就是曼曼。

最终，她真的站在了那个舞台上。

其实那天，当曼曼站在全校师生和家长以及来宾们面前，落落大方地说话的时候，一瞬间我都有些恍惚：这真的就是那个四年前刚来学校时眼睛都直直的孩子吗？这真的就是那个留着短发黑得让人认不出是男孩儿还是女孩儿的曼曼吗？这真的就是那个已经上了二年级还不会念儿歌，不会做10以内加减法的曼曼吗？

是呀，生命是如此神秘，在岁月的流转中，曼曼真的脱胎换骨般地成长了。

那之后，曼曼写下这样一份演讲稿：

人最高贵的就是超越过去的自己!

敬爱的老师,亲爱的同学们:

今天我演讲的题目是"人最高贵的就是超越过去的自己!"。

先给大家讲一个故事。

从前有一个小女孩,她从小什么都没学过,因为她的妈妈什么都不懂,而她的爸爸除会养羊、种地外,也不懂得如何培育孩子。所以,小时候,她的大多数时间都是和一只小狗在旷野上度过的。

上小学了,在课堂上,她随意乱跑,老师管了她几次,发现她什么也不懂,后来索性不管她了。所以,这个女孩下课了就傻乎乎地跟着别人一起玩,玩累了,上课时便趴在桌子上睡觉,到了中午就去吃饭,吃的总是方便面。晚上,回到宿舍,每天都会被人欺负,没有人会来帮她,她只好一个人伤心地哭。直到有一天,她再也受不了这样的生活,就逃学了,一个人偷偷地走出了那所学校,幸好被一个同村的叔叔送回家。

这个小女孩就是我,那是我一年级时的生活。

上二年级,我来到了罕台新教育实验小学。这里的老师对我都很好，尤其是陈老师，仿佛我是她的女儿一样，她教我刷牙、洗澡、洗头、洗衣服，教我从"爸爸妈妈"开始认字；她让我和她一起念儿歌，还陪我一起跳绳、踢毽子……无论是双休日，还是寒假、暑假，陈老师都把我留在她的身边，不厌其烦地一点一点地教我如何学习，如何生活，如何做人。而我，每一天都离不开她，陈老师走到哪儿，我就跟到哪儿，好像粘在陈老师身上一样。

时间过得真快啊，往事还历历在目。可是一晃五年就要过去了。这五年来，我发生了翻天覆地的变化。尤其让我难忘的，是发生在上学期的两件事。

第一件事，就是在星期一晚上，我站上了小桥舞台，独唱《隐形的翅膀》。

那天的小桥歌会，我内心特别欢喜，但也特别紧张。在唱歌之前，陈老师握住我的手给我加油，同时，也

在给我力量，于是我满怀着这力量去唱了。

那天小桥歌会结束后，老师和同学们毫不吝啬地把赞扬送给了我——

我们班的郑君浩同学是这样说的：今天晚上的小桥歌会，最让我们震撼的是曼曼，这真的是一个非同小可的奇迹呢！曼曼向我们证明了：奇迹是谁都可以创造的！

那次的成功给了我很大的信心，在立校纪念日来临的时候，我又一次挑战自己：当立校纪念日活动的主持人。

我永远不会忘记李娜姐姐送给我的一段话：经过几轮激烈的比拼，曼曼最终赢得了这个机会。立校日那天，一袭紫色长裙的她，带着满满的自信，带着甜美的微笑，就如同一只优雅高贵的白天鹅。她用美妙的声音，给我们带来听觉上的享受。同时，主持时她的随机应变，也再一次博得了大家的钦佩。她收获的不仅是一次机会，还绽开了一朵超越自我的生命之花。

其实，我知道，今天的我，还只是一只渴望着成为白天鹅的丑小鸭。但我一定会不断地超越过去的自己，活出人之为人的高贵！

余音

送走这班孩子后,我大病了一场。

在生病期间,曼曼、梦之、孙千柔等几个女生来看过我两次。

她们说,她们在各自的班级里,都很为我们罕台新教育实验小学感到骄傲。

她们说,她们十分想念她们的小学生涯,每到周一晚上,她们就会想起小桥音乐会;每到周三晚上,她们都会想起电影之夜。

她们还说,她们现在语文学得最轻松,因为小学语文学的面很广,而且扎实,尤其是写作,别的同学写600字就觉得很难,而她们一写就是上千字。不过,进了初中,同学之间的关系就没有小学时那么纯粹了。

…………

我告诉她们:"你们的成就都已经成为过去,最好忘了它。如果想持续这份骄傲,那就要做到,无论在哪所学校,都让自己有尊严地活着。"

我告诉她们:"初中和小学本就不一

样。不要生活在过去,要勇敢地向前走。"

我还告诉她们:"不要埋怨这个世界。最重要的,是做好自己!"

…………

后来,我离开了罕台。那之后,跟曼曼经常电话联系。

记得有一次是我在安徽师范大学招聘教师时,曼曼打来电话。她在电话里让我猜她是谁。我的第一直觉是曼曼,只是觉得又不像,因为这个女孩的声音那么快乐,甚至带着坚定和自信,似乎更像梦之的声音。

不过,我还是下意识地报出了曼曼的名字。曼曼在电话的另一头高兴地说:"陈老师,就是我!"

曼曼告诉我,她想我了,她现在在初中过得还可以,因为有语文和体育支撑着她,所以老师对她不错。但

她自己感觉不像小学时那么用功了，尽管在刚刚结束的期中考试中，她所有学科的排名在全班都不算靠后，但她还是觉得自己懈怠了。

"如果我再努力些的话，肯定会考得更好，但我找不到以前学习时的那种动力了。"曼曼的声音有些难过。

我告诉她："你已经做得很好了。你现在的成绩和状态，让我感到很欣慰。"

"曼曼，总有一天，我会将你的故事写出来，但我更希望，有一天，你能自己将这个故事写出来。你在小学阶段就创造了别人不曾有过的奇迹，我相信，在后面的日子里，你一定不会忘记自己的这一段经历。别忘了，我早就已经说过，你是作家！"

我知道，这时候，她更需要的是信心和希望。

又一次曼曼打来电话时，我正在校园的草地上散步。

曼曼说，前些天，她的老师让他们写一写他们的梦想。

"我写的是：我要做一个像陈老师这样的语文老师。陈老师，我说过的，我长大了要到你的家乡去看你，我不会忘记我的话的。"曼曼说得那么快乐，那么坚定。

"好啊，我也记着呢。"我快乐地答应着。

后来一次接到曼曼的电话，是2018年的暑假，具体已经记不得是哪天，应该是快要开学了吧。曼曼在电话里告诉我，她考上了达旗一中，那是这个县最好的中学，她是凭着她的体育成绩被选入这所高中的。她的语气中透着骄傲。

"天哪，这真是一个奇迹！在我们新学期的开学典礼上，我要把这个奇迹告诉孩子们。"我惊喜地跟她说。

2020年元宵节的晚上，这是新冠肺炎肆虐的日子，我们已经在家里待了整整一个寒假。我刚刚完成这本书稿，准备交给编辑。曼曼又打来电话。曼曼在电话里祝我生日快乐！她说她们也禁止出行了，出门必须戴上口罩。她现在每天都在非常努力地学习，希望将来能够考一个好的大学。

"现在生活怎么样？"我问。

"挺好的。村子里给了我家一些产业帮扶措施，还给贷了一些款,现在我爸养了100多只羊、8头猪,还种了十余亩地。我的家人和亲戚都非常支持我,给我鼓励,让我一定要加油考上大学。"曼曼说。

我告诉她,我已经把她的故事书写出来,准备今年出版。

"真的吗?"她在电话那头显得很吃惊。

"是的,是真的。你的故事应该让更多的人知道。"

电话那头沉默了一会儿,我听到曼曼说:"陈老师,如果没有你,也许我现在还是一个无知无觉的人,也许我连初中都未必能上得了。我不知道我最终会走向哪里,但我知道,曾经,您给过我一道光。这道光,在我生命最黑暗的时候,给了我温暖和希望……谢谢……"

后记

我从 1988 年开始参加工作，2018 年，是我从教 30 周年的纪念年。

30 年教育生涯，根据我自己的心路历程，我把它分成了三重境界。

第一重境界，教育只是我赚取工资的一份工作。这个阶段时间最长，从参加工作持续到 2003 年，也就是从老家浙江绍兴的公立学校一直到浙江宁波的一所私立学校为止。在那段时间，我都是个认真的教书匠，无论我在哪所学校，都是领导器重、学生欢迎、家长信任的好老师，也被破格评为市十佳名师，但在我心里，教书就是教书，生活就是生活，它们在我心里是完全隔离的。

第二重境界，教育成了一份我想追求的事业。这次变化是在四川成都外国语学校附属小学完成的。那段日子，我的教育和生活不再割裂，我和学生不仅在学校的日子里相互信任、相互成全，还在放假的日子里相互激励、相互编织。我们在网络论坛上开了一个班级帖子，命名为"永远讲不完的故事"，我们一起在那个全新的空间里快乐地书写着属于我们自己的人生故事。现在回想起来，那都是一段无比幸福的时光。

2010 年夏天，因为一场突变，我们来到了内蒙古鄂尔多斯市东胜区罕台这个偏远的小镇。从此，我的生命发生了重大的蜕变。

魏智渊说，我是个应该生活在大城市的人。

确实，我喜欢享受，喜欢大城市里的方便、快捷、丰富、多元。罕台的落后、贫瘠、单调，曾让我无法忍受。

在罕台，每天的用水是受限制的。一天放两次，每次20分钟，放水时间正好是我们在教室里最忙碌的时候。你想象一下，当白天忘了去放水，晚上回到家，连洗漱的水都没有的时候，会是怎样一种滋味。

在罕台，住的是那种墙壁上的石灰一碰就落不碰也会落的房子，到了夏天，室内苍蝇乱舞。你想象一下，如果是一个有洁癖的人，面对着这样的场面会有多么崩溃。

在罕台，学校用的是旱厕。旱厕离教学楼有二三百米远。那时，平时每次上厕所，都是一场煎熬，你再想象一下，在零下十几度的大冬天，上一趟厕所会是一种怎样的感觉。

好吧，不得不承认，刚到罕台，确实有一种从天堂来到地狱的失重感。

好在一年半后，新学校建起来了，一切才有了改变——虽然简陋，但至少干净、方便。

刚到罕台不久,我母亲就去世了。

从老家再次回到罕台后,我经常做同一个梦:深深的黑暗中,茫茫的荒原上,我独自艰难地走着,有一颗星星在遥远的地方忽隐忽现,我想走到它那里,但永远也走不到。我走啊走啊,不愿停下来,忽然刮起了凛冽的寒风,下雪了,天气越来越冷,天地间越来越美,我却已经冻僵,再也动不了,然后在刺骨的寒冷中,我似乎冻死了。在晃眼的白光中,有另一个我,站在死去的我旁边,冷笑地看着。

五年后,送走了我带的愿望花教室的孩子后,我大病一场。病倒在床上的那段日子,我不能在电脑前工作,不能阅读,不能弹吉他,甚至连自己的生活

暂时都无法照顾。那时，我常常怀疑自己的生命是否已经走到了尽头。

是的，我带着对死亡的恐惧开始罕台的生活，又带着对死亡的恐惧离开了罕台。

不过，我告诉你，这些都只是一个闲了的人才会说起的事，就像此刻，我坐在偌大的铺着地毯的图书馆里，窗外是蓝天绿树，室内是中央空调，学生都已经放假，我宁静且自由，我如此从容地写着这些，似乎这一切与我无关。

你别觉得不可思议，其实在当时，这一切真的似乎与我无关：我没时间埋怨，也没时间忧伤，我的眼里只有教室，只有课程，只有那一个个待我拯救的学生。

是的，我想去拯救他们：

我不能想象，一个上了二年级的学生，竟然还不会读故事，竟然还不会做20以内的加减法；

我不能忍受，有孩子竟然一到学校就要肠胃绞痛，这种痛最初因对学校的恐惧而短暂性发作，到最后成为她真正的疾病。

这次，我自觉地戴上了一个金箍圈，踏上了自我修行的道路。

这一走，就是整整五年。

这五年中,我们日复一日,年复一年,守着教室,守着学生,守着教育。

就像2011年秋季开学时我在全体教师会议上说的那样:

守住这一间教室

干老师希望我用"缔造完美教室"来作为今天讲话的内容,我认真地想了想,没有采纳这个意见。

我早已知道,爱不仅是一种愿望,更是一种能力。但到今天我才忽然明白,梦想,其实也是一种能力,没有能力的梦想只是一种空想。

因此,我不敢轻易地说出那个很大很远的梦想,我只敢说现在我能做的——静静地守住这一间小小的教室。

一、守住一个教师的良知。雷夫说:"一间教室能给孩子们带来什么,取决于教室桌椅之外的空白处流动着什么。相同面积的教室,有的显得很小,让人感到局促和狭隘;有的显得很大,让人觉得有无限伸展的可能。是什么东西在决定教室的尺度——教师。尤其是小学教师。他的面貌,决定了教室的内容;他的气度，决定了教室的容量。"是的，决定一间教室的，不是教室的好坏，而是谁站在教室里！己立立人，己达达人，这才是教育的亘古不变的真谛。当我几年前开始领悟到这一点的时候，我就常常扪心自问：拿什么奉献给你们，我的孩子们？其实答案永远只有一个，那就是：先让自己在这个世界上站立起来！

二、守住每一个孩子的心灵。我们班最优秀的女孩绮兰要转学了，因为她父亲工作的需要。这个女孩在二年级这一年获得了全班的两个最高奖：第一学期获得了"完美奖"，第二学期获得了"牡丹奖"。虽然我觉得有些遗憾，但面对班中那几个学习十分艰难的孩子，我的心却是从未有过的宁静。我常常想起狄金森的那首诗："如果我能使一颗心免于哀伤，我就不虚此生；如果我能解除一个生命的痛苦，平息一种酸辛。帮助一只昏厥的知更鸟，重新回到巢中，我就不虚此生。"我相信：挽救一个受伤的落后的孩子，比教育一个优秀的孩子更能显示教育的真正意义，而且，我也愿意为此付出自己的努力。

三、守住属于我们的每一个日子。我和我的孩子们，就是整个世界。我们会珍惜每一个日子：在开学的第一天，我们会写下明亮的第一行；在每一个孩子的生日，我们会用美好的诗歌和故事、真诚的祝福和笑容，把这一个个日子擦亮；而在平常的每一天，我们会像校歌中所唱的那样：晨诵诗赋，午读典章，含英咀华，如品如尝；入暮思省，一天回望：是否勤奋，有无独创……课程是什么？课程就是岁月；岁月是什么？岁月就是这一个个平凡但不能虚度、不能浪费、更不容颓废的日子。

静静地守住一间小小的教室，就是守住来鄂尔多斯的初衷，守住教育的初衷，守住经历岁月的风霜和洗礼之后，对教育的这点理解和愿心——不让它蜕化为虚假的文字，不让它蜕变成空洞的口号，实实在在地过好每一天。

我相信，走得久了，回头再看时，这弯弯曲曲的道路，就是真正的教育。

今天，再回头看，这条道路确实曲折而又坎坷，但初心依然未改。

今天，再回头看，所有的道路都没有白走，"全人之美"课程已经从沙漠上诞生，而我们在路上经历的欢喜和悲伤、成功与挫折，都已经被岁月沉淀到了生命的深处。

今天，再回头看，我拯救的不是学生，而是我自己：从僵化走向灵活，从单调走向丰盈，从肤浅走向厚重，这就是罕台岁月赐予我的最好礼物。

而在经过这五年的历练后，我越发清醒地认识到：每一个生命，都有着无限的可能性；每一次蜕变，必定来自最大的困境和最深的愿望。

至此，我终于走到了我自己教育生涯的第三重境界：教育，就是我此生的天命，它再也不可能从我的生命中剥离！